オーダーは探偵に

季節限定、
秘密ほのめく
ビターな謎解き

近江泉美

イラスト◎おかざ

第一話
ハニートースト

『真紘《まひろ》さん！　悠貴《ゆうき》君の文化祭、慧星祭《けいせいさい》がもうすぐ始まります。生徒会もバタバタしてきました。にぎやかなお祭りになりそうで、とっても楽しみです！』

メールの文章を打ち終え、小野寺美久《おのでらみく》は先ほど撮った写真を添付した。映し出された画像に思わず頰《ほお》が緩む。その時、後ろから声が響いた。

「おい、巡回に出るぞ」

振り返ると、すらりと背の高い高校生がいた。柔らかな黒髪に、柔和に整った顔立ち。王子様という言葉がぴたりとはまりそうな端整な顔をしているが、眼鏡《めがね》の奥の目は理知的で、一筋縄《ひとすじなわ》ではいかない強さが窺《うかが》える。

今日《きょう》も一分《いちぶ》の隙《すき》なく制服を着こなした上倉悠貴《かみくらゆうき》が、「行くぞ」と言い置いて生徒会室を出た。

「あっ、待って」

美久はスマートフォンの送信ボタンをタップして、悠貴を追った。

「文化祭、楽しみだね！」

「まあな」

「どんな出し物があるのかなあ」

声を弾ませ、美久はこれから始まる文化祭に思いを馳《は》せた。

——そして、同時刻。

緑深い井《い》の頭《かしら》恩賜《おんし》公園《こうえん》のほとりの建物で、スマートフォンが美久からの新着メール受信を告げた。

メールを受け取ったその人の、慌ただしくも不思議な一日が始まろうとしていた。

1

自宅の玄関を出たところでメールを開いた上倉真紘は笑顔になった。添付された画像には、手作りの看板やポスターで彩られた教室の廊下と、笑顔の高校生たちが映っている。赤い腕章をつけているので全員生徒会だろう。弾《はじ》ける笑顔の少女に、カメラに近づいてピースする小柄な男子、それをうるさそうに眺める長身の学生、と一瞬《いっしゅん》の中にそれぞれの個性がよく出ている。その中にすまし顔で微笑《ほほえ》む弟を見つけて真紘の笑みは深くなった。

九月最後の日曜日。あと三十分もしないうちに弟の学校で文化祭が始まる。見上げた空は良く晴れ、白い雲がぽっかりと浮かんでいた。絶好の行楽日和《びより》だ。喫茶店《きっさてん》を営む身としては日曜はかき入れ時なのだが、家族の晴れの日を見逃すわけにはいかなかった。高校二年生の文化祭は一生に一度きりだ。写真もたくさん撮ってやりたい——悠貴は嫌がるだろうが。

悠貴は素直じゃないからなあ、と真紘は内心で微笑み、『臨時休業』と書かれた紙を手に二階の外階段を下りた。喫茶店エメラルドは自宅一階で経営しているので、すぐそこだ。建物を回り込んで店の正面に出て、真紘は、おや、と足を止めた。店の玄関に思わぬものが落ちていた。

人である。

サックスカラーのデニムに七分丈のTシャツを着た若者が戸口に手を伸ばした恰好《かっこう》で倒れていた。まさに行き倒れという風情《ふぜい》だ。

常人なら驚いて声を上げる場面だが、真紘は動じることなく青年に近寄った。

大学生だろうか。顔は見えないが、髪はやや赤みのある優しいシナモン色をしている。見たところ怪我《けが》はない。春先であれば酔いつぶれた花見客かと思うが、今は九月下旬、夏休みでむちゃな酒の飲み方をしたと考えるにも少々季節外れだ。

真紘は青年のそばに膝《ひざ》をついて、優しく肩を軽く叩《たた》いた。

「おはようございます」

青年がうめいた。

「どうしましたか、気分がすぐれませんか」

もう一度呼びかけたが、声が不明瞭《ふめいりょう》で聞き取れなかった。

弱ったなあ。どういう状況で倒れたのかわからないので、うかつに動かせない。持病で倒れたのであれば、医師の助けが必要だ。

救急車を呼ぼうか。真紘が立ち上がろうとした時、不意に腕を取られた。青年が真紘の腕を掴《つか》んでいた。彼は顔を上げると、気力を振り絞って言った。

「腹、減った」

そう残して、がくっ、と地面に落ちた。

数十分後。オークの無垢材《むくざい》のテーブルに空の皿が並んだ。ビーフカレーにベイクドチーズケーキ、真紘が自宅から持ってきた握り飯三つも完食だ。

「ごちそうさん」

ぱん、と両手を合わせ、青年が満足そうに息を吐いた。

「お粗末様でした」

真紘はカウンターを出て、淹《い》れたてのコーヒーをテーブル席へ運んだ。店内に他に人はいない。扉に臨時休業の張り紙をしたので、客が来ることもないだろう。弟の文化祭は始まってしまったが、夕方までやっているので青年を休ませてから向かっても十分間に合う。

真紘はコーヒーを青年の前に置いて、テーブルを挟んだ向かいに腰を下ろした。

「顔色がずいぶん良くなったね。ええと――」

「鈴木《すずき》。スズでいいよ」

　そう言って、青年は気さくに笑った。

　スズとは初対面だ。仕事柄顔の覚えのいい真紘は一度会えば大抵の顔を忘れない。俺《おれ》じゃなくてもスズと会えば忘れられないか、と真紘は目を細めた。

　明るい茶髪に、耳や指にシルバーアクセサリーが光る。きりりとした顔立ちの派手な風貌《ふうぼう》だが、眼差《まなざ》しはやんちゃな少年のようだ。ともすれば馴《な》れ馴《な》れしい態度も彼によく似合っていた。大人《おとな》びた印象と無邪気《むじゃき》さが混在する、不思議な人だ。

「スズはどうしてうちの前で倒れていたのかな。ここは駅から遠いし、まわりは森で商業施設もないから……遊びに来て迷子《まいご》になったわけじゃないね」

　すぐに答えはなかった。スズはコーヒーを一口飲んでカップをソーサーに戻すと、神妙な面持《おもも》ちでレジの方を指した。

「ここであってるよな」

　示された方を見なくともわかった。レジ奥の壁には張り紙がある。

〈貴方《あなた》の不思議、解きます〉

　一文きりの文章の意味を理解する人は多くない。ただ、その存在を必要とする人を除いて。

「探偵《たんてい》に会いたいんだ」

スズが確認するように言った。真紘は驚かなかった。

スズの服装は井の頭公園へ散策に来る客のそれとまるで違う。しかも空腹で倒れるまで店の前で待っていたのだ、出会った時からわけありだろうと感じていた。

喫茶店として営業するエメラルドだが、実は探偵と依頼人を繋《つな》ぐ窓口でもある。

探偵業を取り仕切るのは弟の悠貴だが、その不在中に依頼人が訪れることはままある。そういう時は真紘が話を預かるのが慣習だ。勝手に依頼を引き受けたり気を持たせる返事をしては、かえって依頼人を傷つけるからだ。

「話を聞いてからでないと判断できないけど、構わないかな」

真紘が説明してそう結ぶと、スズはほっとした顔で頷《うなず》いた。

「よかった、すげえ助かる。知り合いがやばいことになってて、どうしようかって思ってたんだ。警察も頼れないし。実は先日――」

スズが言いかけた時、突然ドアベルがけたたましく鳴り響いた。

何事かと真紘が振り返ると、入り口に息を切らせた男がいた。どうやら臨時休業の張り紙を見落としたらしい。これでは落ち着いてスズの話を聞けない。

すみません、今日は休業なんです、と真紘が伝えようとした時だった。

「あなた探偵さん⁉」

男が叫んだ。目を白黒させる真紘を尻目《しりめ》に、男は閉めた扉にぴたりと身を寄せて鋭い声で早口に言った。

「助けてください！　まずいことに巻き込まれて、このままじゃ俺っ」

急に言葉を呑《の》み込むと、男は身を強張らせた。パタパタと足音が聞こえた。音は次第に大きくなり、一直線に向かってくる。次の瞬間《しゅんかん》、店の扉が勢いよく開かれた。

「みぃーつけた！」

飛び込んできたのは、小学校低学年くらいの女の子だ。頭の両側に結んだリボンを揺らして、にっこりと男に笑いかける。とたんに男は震え上がった。

「どうしたの、パパ？」

小首を傾げる少女を無視して、男は勢いよく真紘を振り返った。

「こ、ここここの子知らない子なんです、家に帰してやってください！」

あれ、今女の子が『パパ』って呼んだような……？

真紘がきょとんとしている間に、少女が頰をふくらませて男に抗議した。

「ひどいパパ！」

「パパじゃない！」

男は鋭く叫び、すがるような目で真紘を見た。

「本当です、本当にこんな子ども知らないんです！　いきなり現れて俺にまとわりついてきて……どうにかしてください！」

「ネグレクトはだめだよパパ」

「だからパパじゃないって言ってるだろ！」

押し問答を始める男と少女を前に、スズがうなった。

「あー、俺の依頼よりあっちが先でいいよ」

なんか大変そう、と呟《つぶや》く声に、真紘は深く頷いた。


『エメラルドの探偵』は都市伝説のようなものだ。まことしやかに囁《ささや》かれる噂《うわさ》でしかなく、その話を信じてここを訪れる者は決して多くない。依頼人が重なること自体異例な上に、その探偵の不在中とは何とも間が悪い。

どうしたものかな、と真紘はテーブル席に新たに加わった二人を眺めた。

正面に男と少女が並んで座っている。男は三十代半ば。Tシャツにスウェット姿で、無精《ぶしょう》ひげを生やしている。髪には寝癖がついたままだ。一方少女は花柄のワンピースを着て、両サイドの髪を少量リボンで束ねて肩にたらしている。よそ行きとまでいかないものの、男に比べてきちんとした服装だ。二人の表情も対照的だった。くたびれきった男と、楽しそうににこにこする少女。なかなか不可解だ。

真紘は小さく咳払《せきばら》いして、男を見た。

「お話を伺う前に。大変申し訳ありませんが、探偵は今外出していまして」

「えっ、あなたが探偵じゃないんですか？」

「ええ」

「じゃあ、あなた？」

男が真紘の隣に座るスズに目を向けた。スズが肩を竦《すく》めると、男は目に見えて落胆《らくたん》した。頼りにして来たのに、梯子《はしご》を外されたように感じたのだろう。見放す気はないことと支払いについて簡単に説明すると、少し落ち着きを取り戻したようだった。

「探偵は六時頃戻ります。依頼相談はそれからになりますが、構いませんか？」

男の表情が明るくなった。

「じゃあ引き受けてもらえるんですね！」

「それはお話を伺ってからでないと……まず、お名前を教えていただけますか」

「あ、申し遅れました。藤村健作《ふじむらけんさく》です」

「藤村栄子《えいこ》、小学三年生です」

すかさず少女が名乗り、「パパがおさわがせしてすみません」とぺこりと頭を下げた。とたんに藤村が頭を抱えて「はあああ」と深い溜息《ためいき》を漏らしたが、栄子はその反応すら予期していたらしい。「ごめんなさい。パパは二日酔いで、まだ頭が痛いみたいです」とそつなくフォローを入れた。まだ小さいのに、しっかりしている。

真紘は感心しながら、頭を抱える藤村に目を戻した。

「ところで藤村さんは当店へ来るのは初めてですよね。失礼ですが、どこかでお会いしていませんか？　お顔に覚えがあるのですが……」

「あ、わかっちゃいましたか？」

答えたのは栄子だ。

「きっとテレビです。パパはふだんはかっこいい俳優さんなんですもん」

鼻高々に言うのを聞いて、合点《がてん》がいった。

「ああ、そうか、『おのこまち』。トレンディドラマで主人公の恋敵《こいがたき》を演じられていましたね。病院の御曹司《おんぞうし》で、人が良くて少し抜けたところのある」

へえ、とスズが興味深そうに藤村を眺めた。ぼさぼさ頭と無精ひげで想像しにくいが、整えれば確かにテレビ映えする顔で、かなりの二枚目だ。

当時、新星のごとく現れた若手俳優にお茶の間の女性たちは「あの人は誰《だれ》？」と大いに沸いた。しかしその人気も一年ほどで陰りを見せ、現在藤村健作という役者を思い出す人は少ないだろう。その証拠《しょうこ》に、藤村の顔がぱあっと輝いた。

「ご覧になってたんですか！　久しぶりです、そう言ってもらうの！」

「ええ、毎週かかさず。すごい人気でしたね。うちの店も放送の翌日はドラマの話で持ちきりでした。主役の会社員と御曹司のどちらがいいか、女性客がよく話題にしていましたよ。もう八年前になりますか」

「そうですそうです。やあ、嬉《うれ》しいなあ」

照れくさそうに頭を掻《か》く藤村に、「それよりさ」とスズが話に割って入った。

「そのちっさいのが娘じゃないって、どういう話？」

「あっ、それですよ！」

藤村は声を大きくして、テーブルに身を乗り出した。

「朝、寝てたんです。久しぶりにドラマで良い役がもらえて、前日からマネージャーと祝杯を上げてたんですよ。明け方の五時くらいにふとんに入って、気持ちよーく寝てたんです。そしたら八時くらいにチャイムが鳴って」

無視したが一向にチャイムは鳴り止まない。藤村は酒の抜けない体を引きずって、ベッドを出たという。そして玄関を開けると、明るい日差しの中に栄子がいた。

栄子はぺこりとお辞儀《じぎ》すると、こう切り出した。

「ママが死にました。私は身寄りがありません。このままでは施設に入れられてしまいます。あなたがパパであることはママから聞いています。ですから、義務教育が終わるまで養育してください」

その時を再現するように藤村は裏声で言い、急に地声に戻って訴えた。

「ねえ、俺の驚きがわかります⁉ 玄関開けたら子どもがいて、しかもパパって！」

「そうですね……なかなかドラマチックな展開ですね」

「ドラマチックどころかサスペンスですよ！ 何で朝からこんなことに……もう最悪ですよ！」

「確かに独身俳優にこういうスキャンダルはまずいよな」

スズが言うと、藤村は我が意を得たりと言わんばかりに強く頷いた。

「そうです、そうなんです、こんなのあんまりです！」

「けど身に覚えあるんだろ？」

スズの切り返しに、一瞬藤村の顔がムンクの叫びのようになった。

あ、覚えがあるんだ。真紘は察した。察したが、かける言葉に困る。

気まずい沈黙を破ったのは朗らかな声だ。

「パパとママは一夜かぎりのカンケーだったそうです」

栄子は笑顔で溌剌《はつらつ》と答えた。

「出会いは九年前。私は生まれていませんので、聞きかじったていどですが、とうじのパパはイケイケだったのです。これ、どうぞ」

栄子は膝に置いた小さなバッグから写真を取ると、真紘に差し出した。

写真には親しげに肩を寄せた若い男女が写っていた。パーティー会場のようで二人は華やかな衣装に身を包み、シャンパングラスを手にしている。女性は知らない顔だが、隣に立つ男性は誰かすぐにわかった。

「藤村さんですね」

「そうです……。た、たぶん大御所《おおごしょ》俳優か女優さんの誕生日パーティーです。こういうイベントって結構あって、どの会だったかな……」

「隣の女性はどなたですか？」

「……そ、それを覚えてたら苦労しないというかなんというか」

ごにょごにょと歯切れ悪い藤村に代わって栄子が言った。

「とうじ、パパは『劇団スイッチ』のかんばん俳優でした。演出家でも有名な野田《のだ》かんとくの舞台に特別出演して、公演は大成功。パパはいちやく有名人になりました。

写真はそのころのです」

「お前、小っちゃいのにハキハキして、しっかりしてんな」

スズが褒《ほ》めると、栄子は「ありがとうございます」と微笑んで話を続けた。

「急に人気者になったパパは調子にのって、浮き名をたくさん流しました。ママと知り合ったのもそのころです。写真のパパのとなりにいるのがママです。ママの腕時計を見てもらえますか？」

女性の右手首に赤い腕時計がはまっている。ブランド品だろう、革ベルトはバラ色で時計の部分も洒落《しゃれ》ている。

コト、と音が聞こえて真紘が顔を上げると、栄子が写真と同じ時計をテーブルに置くところだった。

「パパが買ってくれたそうです。限定モデルで高いから、ビンテージになったら売るのよ、とママが言っていました」

「本当ですか？」

真紘が視線を向けると、藤村は精気の抜けた顔で遠くを見つめた。

「そんな記憶もあるような、ないような……」

「パパはママに一目ぼれしたそうです。それはもうゾッコンで『百回記憶をなくしても百一回あなたにほれる。あなたは僕の女神《めがみ》だ』と口説《くど》きまくったそうです。『おののこまち』の名ゼリフですね」

「本当ですか？」

「た、確かにそんな台詞《せりふ》をおふざけで使ってましたけど……！　あれは皆が喜んでくれるからで、俺って人気者だなあって嬉しくて、若気《わかげ》のイタミというか何というか」

「それを言うなら若気のいたりだよ、パパ」

栄子が訂正すると、藤村はキッと隣に座る栄子を睨《にら》んだ。

「とにかく俺に娘はいないんだ！　目的は何だ、金か!?」

「ひどい、どうして私がそんなこと！」

「だっておかしいだろ、いきなり現れて俺の娘とか！　本当に身寄りがないとしても子どもが朝っぱらから一人で来るか!?」

「だって早くパパに会いたかったんですもん。ママがいまわのきわにパパのことを教えてくれて、本当によかったです。とうめんの心配がなくなりました」

「なっ……！　で、でででもおかしいっ！　何がって、その何だよ……あっ、母親の名前！　いくら名前を訊《き》いても答えないじゃないか！」

「そんなの覚えてないほうがおかしいんです」

栄子はばっさり切り捨て、さらに続けた。

「私はしょうしんしょうめい、パパの娘です。パパは私が娘じゃないと言いますが、そう言うならしょうしょうめいしてください。私が娘じゃないしょうこはありますか？　ないですよね。しょうこがない以上、私を無視できません。ＤＮＡかんていでも何でもどうぞご自由に。ですけど、そのあいだ私をきちんとよういくしてください」

藤村はがっくりうなだれた。小学生の言い分に手も足も出ないようだ。

「悪魔の証明みたいだな」

スズは面白がって笑ったが、当人は笑い事ではない。

藤村が涙目で真紘に訴えた。

「もうすぐ地方ロケがあるんですよ、そこにこんな子ども連れていったら、どう思われるか……。探偵って人捜ししますよね？　ほら、家出人捜索とか捜し人とか！」

「迷子を捜すことはありますが、『この子誰ですか』というのは初めてですね」

「そこを何とかお願いしますよ！」

「でしたら栄子ちゃんの母方のご親族や小学校を当たられては――」

「だから口を割らないんですって、こいつ！」

栄子はつんと顎《あご》をそらした。

「当たり前です。私は怒ってるんです。みんな私を子どもあつかいするからいけないんです。パパのこと、もっと早く教えるべきです。私にはその権利があります。しかも私をにんちしていないなんて。パパはサイテーです、少し困ればいいんです」

「ああっ、もう！　とにかく今すぐ何とかしてください！　こんなことが事務所に知れたらどうなるか……！　解決してくれるまで絶対ここを動きませんからね！」

真紘は弱って、頤《おとがい》に手をやった。

悠貴に連絡すれば、すぐに戻ってくるだろう。しかしそれではせっかくの文化祭が台無しになってしまう。今日のために毎日遅くまで学校に残って頑張《がんば》っていたのに、そんなことはさせたくない。今日くらい友だちと楽しく騒いでほしい。かと言って、藤村ものっぴきならない状況だ――

その時、コンコン、と扉をノックする音がして思考が打ち切られた。目を向けると扉のガラス越しに常連客の姿が見えた。介護職に就いている四十代の女性だ。

臨時休業の張り紙は見えるはずだが、どうしたのだろう？

真紘は藤村たちに断って、入り口に向かった。扉を開くと、常連客は申し訳なさそうな表情を浮かべた。

「ごめんね、今日お休みよね。わかってるけど、少しだけお店を開けてもらえない？

場所を貸してくれるだけでいいから」

お願い、と顔の前で手を合わせられては事情を訊かずにはいられなかった。

訊けば、仕事の勉強会のためにコミュニティーセンターの会議室を予約したが、日付を間違えて取ったらしい。他の会議室は使用中で場所が取れず困っていたところ、店の前を通りかかり、明かりに気づいたとのことだった。

店の前の小道を見ると、十人ほどの人が気を揉《も》んだ様子でこちらを窺っていた。皆常連客か店に来たことのある人だ。

真紘は店内に目を戻した。テーブル席にはテコでも動かないという顔をした藤村と自称その娘の少女がいる。栄子の表情は硬い。悠貴の戻る六時過ぎに出直してもらう方がいいのだろうが、とてもそんな空気ではなかった。それにスズの依頼もまだだ。

「あのさ」

声をかけられてはっとすると、スズがそばに来ていた。

「その人たち行くとこないんだろ？　店、開けてやれば？」

「そうしたいけど、藤村さんたちも気がかりだし、俺一人であの人数は……」

「俺が手伝うよ」

思わぬ提案に真紘が目を瞬《しばた》くと、スズは気さくに言った。

「どのみち夕方まで探偵は来ねえんだろ？　メシもご馳走《ちそう》になったし、そのお礼ってことで。藤村さんもこの店手伝うよな？」

スズがテーブル席の藤村に声を投げると、「ええっ！」と藤村は慌てた。

「なんで俺が……」

「じゃあ藤村さん子連れで外で待つ？　それこそスキャンダルの元だろ。店を手伝って好感度上げとけば、探偵も一所懸命《いっしょけんめい》依頼を解決してくれると思うけどなあ」

「えっ、そうかな？　……そういうことなら、手伝おうかな」

「よし、決まり。人材確保もできたぜ」

スズに得意満面で言われ、真紘は思わず笑みを漏らした。

困っている常連客も藤村たちも放り出すわけにはいかない。店を開ければとりあえず問題を回避できる。何より、悠貴には今日一日文化祭を楽しんでほしい。

「ありがとう、スズ」

真紘は入り口の扉を大きく開けて休業の張り紙を剝《は》がし、常連客に告げた。

「少し時間をいただけますか。今店を開けます」

2

開店すると決めたからには半端なことはできない。まずは清掃だ。いつも営業後に清掃しているので、開店準備では軽く箒《ほうき》をかけてテーブルを整えるだけで時間はかからない。問題は店員だ。

「店長さん、その方はあまり店員っぽくないですけど、いいんですか？」

似たようなことを考えていたのか、栄子がスズを見上げた。シナモン色の髪が目を引くが、耳や指に光る大量のアクセサリーもかなりの存在感だ。

「平気だよ、俺モテるから」

てらいもなく言ってスズが笑った。モテるかは措《お》いておいて、接客では身だしなみや清潔感が重要だ。真紘は「指輪は外して」とスズに頼み、藤村を振り返った。

「藤村さんはひげを何とかしていただければ。二階の洗面台を使ってください。服は俺のを貸しますから、ついてきてください」

藤村を連れて裏口へ向かうと、すかさず栄子の声が追ってきた。

「にげてもおうちの場所はわかってますからね、パパ」

藤村がぎくりとした様子で首を竦めた。実行はしないだろうが、頭の片隅にそんな考えがあったのだろう。

栄子ちゃん、本当にしっかりしてるなあ、と真紘は内心で微笑んで裏口を出た。藤村を自宅の洗面台に通して着替えを渡し、とんぼ返りで店へ帰る。開店までの段取りを考えながら客席に入り、真紘は目を瞬いた。

思いもよらずテーブルのセッティングが終わっていたのだ。

「早いじゃん。箒がけ終わってるよ。台拭《だいふ》きも勝手に借りてる」

カウンターにいたスズが栄子に固く絞った台拭きを手渡しながら真紘に言った。頼まなくても動いてくれるとは、若いのに目端《めはし》が利く。

「ありがとう、スズ。こっちを手伝ってもらっていいかな」

真紘はスズとバックヤードへ向かい、棚からクリーニング店のビニールがかかったサロンエプロンを二枚引き出してスズに手渡した。

「調理をスズか藤村さんに頼みたいんだけど、いいかな」

スズは「いいよ」と答えてから、首を傾げた。

「けどこの店、休みの予定だったんだよな。料理の仕込みとかねえの？　ケーキとか時間のかかるヤツはどうする？」

「大丈夫《だいじょうぶ》。焼き菓子とケーキはストックがあるから」

これまで定休日の前日は在庫を出さないように数量を減らしていたが、品切れになって潜在客を逃すことがままあった。最近、それを解消してくれた人がいる。

「四月から働いている人がすごく料理上手《じょうず》で、メニューから見直してくれたんだ。生クリームを使ったものは傷みやすいから、定休日前は日持ちする焼き菓子やパウンドケーキの点数を増やすようにしてね。少し置いた方が味が馴染《なじ》むし、注文が入ってからホイップクリームをトッピングすれば、もっと美味《お》しいんだ」

残った食べ物を廃棄《はいき》する心配が減り、しかも美味しく食べられるので一石二鳥《いっせきにちょう》だ。今日のような急な営業もそのアイデアに助けられている。

「へー、良い人見つけたな」

真紘は頷いて、春の朝に忽然《こつぜん》と店に現れた美久を思った。

「彼女のケーキはとても評判が良くて、それを目当てに来るお客さんも増えているんだ。だけど一番すごいところは常連さんの好みをしっかり覚えていて、その人の好きな味に調えてくれることかな。あの品質での提供は無理だから、今日はメニューを変えて対応しないといけないけどね」

個人経営のカフェでは、チェーン店と同じように業務用レトルトを使う店が少なくない。何十種類もの飲み物を提供する傍ら、多彩な料理を出すのは人件費と調理スペースの面で無理があるからだ。エメラルドも半年前までメニューの半分をレトルトに頼っていた。レトルトは誰が作っても同じ品質で提供できるのが魅力だが、今は美久のおかげで八割方手作りだ。彼女が休みの日は前日に仕込みをしたり、当日の朝に悠貴が手伝ったりして、注文を受けた時に簡単な調理で出せるようにしている。しかし今日はその準備もない。

美久がいれば、と思ってしまうのは、それだけ頼っている証拠だ。

小野寺さん、どんどんなくてはならない人になっているなあ。悠貴に給料を上げるように言わないと、と真紘は心に決めて、スズに目を戻した。

「ケーキの盛りつけ方はその人が作った調理用のメモと写真があるから難しくないよ。わからないことがあったら俺に訊いて。あとは料理だね」

想定外のことが起きても臨機応変《りんきおうへん》に対応できるのが個人経営の強みだ。真紘は部屋の隅に積んだダンボールを開いて中を探った。

「上倉さんは料理しないの？」

スズの声に真紘は振り返らずに答えた。

「するよ。作るのも好きだけど、禁止令が出ていて」

「禁止令？」

「作ったらだめって弟に言われているんだ。普段は弟か別の人に任せているよ」

「ふーん。弟って料理上手《うま》いの？」

「上手いよ。この頃忙しくて、うちでは手抜きばかりだけどね」

「仲いいんだな」

スズが笑った時、探していた物が見つかった。

高さ一メートルほどの長方形の黒板とチョークの箱だ。ダンボールの後ろに立てかけたイーゼルを引き出して、真紘はスズの方を向いた。

「店にあるレトルトと簡単にできる料理を教えるよ。その中からスズの作れるものをここに書いてくれるかな」

「そんなテキトーでいいの？」

「うん、そうしないとお客さんが臨戦態勢になるから」

怪訝《けげん》な顔のスズに「すぐにわかるよ」と真紘は請け合った。

二十分後、いつもより遅い時刻にエメラルドは開店した。十人の団体客が入ったので店は賑《にぎ》やかだ。カウンターで湯を沸かしながら、真紘は藤村の接客を見守った。

身だしなみを整えた藤村は見目《みめ》の良さが存分に発揮されていた。服を貸す時、真紘の方が背が高いので丈が合っていないのが気になったが、藤村は「顔で着ますから」と余裕の表情だった。結果はその宣言通りだ。藤村はシャツの袖《そで》を七分丈のところで折り返して黒のパンツを腰穿《こしば》きにしていたが、不思議とだらしない印象はなく、着崩し方が洒落て見えた。滑舌《かつぜつ》の良い喋《しゃべ》りは耳に心地《ここち》良く、接客もこなれていた。上品な給仕の役でもやったことがあるのかもしれない。常連客に褒めそやされても浮かれず、「ありがとうございます」と甘い顔で控えめに微笑んだ。

「それにしても今日はずいぶん寂しいメニューね。急にお店を開けさせたから、仕込みが間に合わなかったのかしら」

黒板を見た常連客の一人が言うのが聞こえ、真紘はカウンターから答えた。

「今日は小野寺さんがお休みなんです」

その瞬間、和やかだった客たちの表情が凍りついた。

あれ？　選べるメニューが増えなくてがっかりさせたかな。

余裕のあるところを見せようと、真紘は小さくガッツポーズしてみせた。

「頑張ればトーストセットも出せます」

「頑張らないでちょうだい！」

とたんに鋭い声が飛んできて、常連客たちが顔を寄せて早口に言った。

「浜中《はまなか》さんに連絡、五時まで出てくれるから」「だめよ、今日はトレッキングだもの。それより割烹《かっぽう》の雪《ゆき》さんに」「お店の準備があるから二時まででしょ、あとは本郷《ほんごう》さんのおばあちゃんに頼んで」「それなら今井《いまい》さんの旦那《だんな》さんが」

「あのー」

真紘は常連客に呼びかけ、厨房《ちゆうぼう》の戸口にいたスズの肩に手を置いた。

「今日の調理担当の鈴木君です」

スズを紹介すると、客たちはあからさまに安堵《あんど》した。

「それなら早く言いなさい、ビックリするじゃないの!」「心臓が止まるかと思ったわ」「こんなに焦ったのはおじいちゃんが餅《もち》を喉《のど》に詰まらせて以来ねえ」

酷《ひど》い言われ様である。客たちの辛辣《しんらつ》なコメントにスズが小さく吹き出した。

「臨戦態勢ってこういうこと。上倉さん、一体何を食べさせたんだ?」

「うーん、普通だと思うけど」

真紘としてはおかしなものを出した覚えはないので、答えようがない。味の好みは人それぞれ、客商売はなかなか難しいのである。

だが常連客が常にエメラルドを想《おも》っていることを真紘はよくわかっていた。

「昔、人を雇えない時期があって、ランチや食事メニューをやめようとしたことがあるんだ。そしたら常連さんから『それじゃ客足が遠のく』って猛反発されてね。一番忙しい時間帯だけ、小料理屋の女将《おかみ》さんや料理上手のお客さんがシフトを組んで毎日来てくれたんだ」

「は？　客が手伝ってたの？　どっちが客かわかんねえな」

スズに笑われ、真紘も笑みを深めた。

「本当だね。もう何十年もここで営業しているから、お客さんにとって自分の家みたいな場所になれたのかもしれないね」

祖父から譲り受けた店を変わらずここで営業する。言葉にするのは容易《たやす》いが、実現させるのはどれほど難しいことか。

逃れようもなく襲ってくる景気の変動や自然災害。病気や怪我。利害が絡み、悪意を持って店を潰されそうになったこともある。努力だけでは決してこの店を守り抜くことはできなかった。自分の至らないところをたくさんの人が支えてくれた。

積み重ねた毎日はとても小さなことかもしれない。けれど、振り返ればその毎日が奇跡《きせき》のように思える。

柔らかな光の差す店内を、真紘は愛《いと》おしく眺めた。

藤村が十人分の注文を取ってくると、俄然《がぜん》忙しくなった。厨房をスズと藤村に任せ、真紘はドリンクの準備にかかった。注文伝票に目を通し、時間を逆算して手間のかかるものから作る。注文品を素早く提供するのも大切だが、一つのテーブルで受けた注文をバラバラに出さないことも重要だ。全員の注文が揃《そろ》わないと手をつけない人もいるし、一人だけ注文品が来ないと切ない気持ちになるものだ。

喫茶店が提供するのは飲み物や食事だけではない。来店した人が心地良い時間を過ごせること。形にはできないそれこそが一番大切だと真紘は思う。

栄子が手伝ってくれたおかげで、最初のドリンクをテーブルに運んでからすべて出し終えるまでに数分とかからなかった。

真紘がカウンターに戻ると、栄子が踏み台を使って銀の水差しを取った。

「お水、たしてきますね」

客のグラスの水が少なくなっていることに気づいたようだ。まだ小さいのに、こまかなところによく気づく。優等生だなあ、と真紘が目を細めて働く栄子を眺めていると、厨房から藤村が顔を覗《のぞ》かせた。

「ホットサンド、そろそろできます」

「わかりました」

返事を聞いた藤村は厨房へ引き返そうとしたが、栄子が客席にいるのに気づくと足を止めた。こそこそした動きで真紘の隣に並ぶ。

「あの子どものこと、どう思います？」

「栄子ちゃんですか？　働き者ですよ。覚えも良いし、とてもしっかりしていて」

「そうじゃなくて、その………俺の子だと思います？」

「どうでしょう」

「上倉さんの印象でいいんです。どうですか、どう思いますか」

真紘は藤村をじっと見つめ、微笑んだ。

「そうですね、藤村さんも栄子ちゃんも目元が本当にそっくりで――」

「やめてくださいよー！」

藤村は潜《ひそ》めた声で抗議した。縁起《えんぎ》でもないというように頭を振り、うなだれた。

「ああ……なんでこのタイミングですかね。普通もっと早く言いに来るでしょ、母親が。妊娠《にんしん》がわかった時とか子どもが生まれる時とか」

「それはパパがお酒で失敗して干されたからです」

真紘の背後から上がった声に、藤村は文字通り飛び上がった。

いつの間にか水差しを手にした栄子がカウンターに戻っていた。

「パパ、『おののこまち』のあとにお酒を飲んで、大はしゃぎして、おまわりさんのお世話になりましたよね。ペコちゃんをつれて、カーネルさんに『一生はなさない！』って上半身はだかでくっついたり。ママはこの人をパパにしては大変だと思ったそうです。ちなみに私の『栄子』という名前はいましめだと言ってました。いくら健《すこ》やかでも、おばかさんでは困る、と」

藤村健作という名前を皮肉ってだろう。酒の失敗まで掘り起こされ、藤村は苦虫《にがむし》を嚙《か》み潰したような顔になった。

その時、ドアベルの音がして新規の客がやってきた。藤村は少しほっとした様子で「俺、行ってきます」と逃げるようにカウンターから出ていった。

「パパにはもうちょっとしっかりしてほしいです」

栄子は溜息まじりに呟いて、真紘に向き直った。

「お水がなくなりそうなのですが、ミネラルウォーターはどちらですか？」

「厨房に飲料水のポットがあるから、そこからお願いします」

「わかりました」

栄子は銀の水差しを手にカウンターをくぐった。厨房の戸口にあるウエスタンドアを通る時、ドアの角に栄子のリボンがひっかかり、するりとほどけた。

「栄子ちゃん、待って」

ドアは真紘のみぞおちほどの高さだが、子どもでは顔の位置だ。真紘がドアの角にひっかかったリボンを外して厨房へ入ると、ようやく栄子が気づいた。

「あっ、すみません」

「いいよ。結び直すからじっとしていて」

栄子の髪は黒のヘアゴムで束ねてあった。ゴムの上からリボンを巻いただけらしい。これなら簡単に直せる。

真紘は栄子の前にかがみ込んで、リボンを結び直した。ところが、反対側に残る蝶《ちょう》結《むす》びと違う形になってしまった。やり直すが上手くいかない。

「おかしいなあ」

「店長さん、不器用ですね。だいじょうぶです、自分でできます」

栄子はステンレスの業務用冷蔵庫を鏡代わりにリボンを結い直した。しかし出来上がりは真紘の蝶結びよりずっと悲惨なものだった。奮闘するものの、どんどんぐしゃぐしゃになっていく。

「あ、あれ……？」

栄子が悪戦苦闘していると、別の手がリボンを取った。

スズは片側に残る蝶結びを確認すると、リボンを持つ手を持ち替えて簡単に結び直した。真紘と栄子が手こずっていたのが嘘《うそ》のように、きれいな仕上がりだ。

栄子は完成した蝶結びをしげしげと眺め、スズを見上げた。

「一番がさつそうなのに……人は見かけによらないんですね」

「いっこ賢くなったな」

スズは栄子の頭をぽんっと叩くと、調理台を指した。

「よし、エーコ、冷めないうちにそれ運べ」

「エ、エーコ⁉ 急に呼びすてないでくださいっ、あと人にお願いするときは『お願いします』って言うんですよ！」

「お願いしまーす」

スズの心のこもっていない返事に、栄子は「やっぱりがさつです」とぷりぷりしながら調理台の皿を取った。

結構良いコンビかもしれない。真紘は二人の姿に顔を綻《ほころ》ばせた。

常連客の一団が去ったところで店を閉めるつもりでいたが、客足が途切れる気配はなかった。エメラルドは井の頭公園のほとりに店を構えているので、土日祝日は一見《いちげん》の客が多い。数日前から臨時休業の告知をしたが、あまり効果はなかったようだ。

真紘はグラスを磨きながら柱時計を見た。もうすぐ昼になる。

悠貴、どうしているかな。

悠貴は生徒会の副会長なので、今頃文化祭の運営に忙しくしているはずだ。司会進行は大丈夫だろうか。マイクに緊張して噛んだりしないかな。廊下や通路には看板や垂れ幕が張り出して、足を引っかけるかもしれない。眼鏡を落として壊してないだろうか。屋台《やたい》の食べ物も心配だ、食べ過ぎてお腹《なか》を壊してないかな。ああ、胃腸薬を持たせればよかった。傷薬も。あれ、ティッシュとハンカチは持っていったかな。そういえばお小遣いは――

真紘ははっとしてグラスを磨く手を止めた。いけない。一つ気になると、あれこれ心配になってしまう。今はお客さんと店のことが第一だ。

時計を確認すると昼時になろうとしていた。ランチタイムになれば二時まで混雑が続く。休めるうちに休憩を取らないと昼食を食べそこなってしまう。

厨房に詰めていれば軽食くらい取れるが、客席担当はそうもいかない。

栄子ちゃんにはあとでしっかり休んでもらうとして、と真紘はカウンターの近くで一所懸命カトラリーを磨く栄子を横目に厨房に入った。

「藤村さん、休憩してください。これからランチで混雑しますので」

スズの調理を待っていた藤村は「あ、はい」と返事をして、時計を見てうなった。

「探偵さんが戻る六時まで、まだ長いですね」

待つ時間というのは不思議と長く感じる。心配や不安があればなおさらだ。

「……あの子が俺の子だったら、本当にどうしたら」

ずっとその問いかけを繰り返していたのだろう。藤村の声に疲れが滲《にじ》んだ。

栄子が自分の娘かどうか早くはっきりさせたいが、騒ぎになっては困る。芸能人という立場を思えば、そう考えるのも無理もない。しかし本人が問題と向き合わないかぎり、進展しない。

「藤村さん、逃げていても始まりません。栄子ちゃんと向き合ってください。どこかで会っていないかよく思い出してください、手がかりになるかもしれません」

「わかってます！」

藤村は尖《とが》った声を上げ、唇《くちびる》をきつく結んだ。怒っているのではない、不安なのだ。

「このまま……もしこのまま誰もあの子を引き取りにこなかったら、どうなるんですかね。仮に俺が引き取ることになったとして、手続きとか法的にはどうなんですか、金の問題だって……！　ああもう、悪い夢みたいだ」

誰か嘘だって言ってくれ。

誰に言うわけでもなく呟かれた言葉に、真紘は少し考えてから口を開いた。

「どうして藤村さんなんでしょう？　栄子ちゃんが嘘を吐いているなら、なぜこんなことをするのか不思議ではありませんか？　誰でもいいわけではないはずです、きっと藤村さんでなければいけない理由があると思うのですが」

「そんなこと俺に言われても。知らないですよ、あんな子どもの動機」

「エーコの動機とは限らないんじゃねえ？」

ふと声が響いた。スズはフライパンに油を引きながら言葉を続けた。

「藤村さんの子じゃないとして、今時の子どもは知らないおっさんにつきまとうほど暇じゃないよ。防犯意識も高いし。藤村さんを狙《ねら》ったと考えるのが自然だな」

「狙うって何」

藤村がぎょっとして訊き返すと、スズは「えー」と天井《てんじょう》を仰いだ。深く考えての発言ではなかったようだ。首をひねり、おっ、と何か思いついた様子で言った。

「ライバル社が仕掛けた工作とか」

「え？」

「ネガティブキャンペーンだよ。スキャンダルがないなら作っちゃえって感じでさ。テレビドラマで良い役もらったんだろ？　問題が起きるとキャスティングから外されたりしないの？」

「――ああっ⁉」

出演予定の俳優に認知していない子どもがいるとなれば大騒動だ。世間に叩かれ、スポンサーから不評を買う。そんなリスクを負うくらいなら、藤村をキャスティングから外す方が良い。制作者側がそう判断すれば、別の俳優が藤村の役に納まる。

藤村は全身を震わせた。

「それだ……、絶対それだよ！」

「わかんねえよ、今のはそういう可能性もあるって話で」

「絶対そうだって！　セントラル芸能の望月《もちづき》がこの役狙ってたって聞いたし、モデル上がりのユージンも猛プッシュかけてたし！」

藤村は鼻息を荒くした。

「おかしいと思ったんだ、今さら俺の娘とか。しかも母親の名前を言わないって、どう考えても時間稼ぎでしょ。真実なんてどうでもいいんだ、騒ぎになった時点で俺はアウトですもん。あの役を狙った誰かが俺を陥《おとし》れようとしているんだ……！　間違いない、上倉さんもそう思うでしょ！」

栄子は藤村の娘と主張しながら母親の名を明かさない。忘れる藤村が悪い、と詳しい話を避けている。いずれ話すつもりかもしれないが、その行動が不審に映るのは確かだ。しかし栄子の母親と藤村の写った写真があるのも事実で、口説き文句や当時のことを藤村自身が微《かす》かに記憶しているのも気になる。

人の記憶を捏造《ねつぞう》するなんてできない。だけど、栄子ちゃんの行動には不自然なところもある……。真紘はしばらく考え、小さく首を横に振った。

「今はお答えできません。確証が出るか、探偵が戻るまでは様子を見ましょう」

賛同を得られず藤村は少し不服そうな顔をしたが、「そうですね」と頷いた。

それにしても、栄子ちゃんは何を考えているんだろう？

真紘にはその心の動きが事件の謎《なぞ》を解く鍵《かぎ》のように思えた。

3

「やっぱり！　トレンディドラマ『おののこまち』の！」

三時過ぎ。きゃあきゃあと黄色い声がテーブル席の四人組から上がった。

普段から女性客の多いエメラルドだが、今日は三、四〇代の女性がやや目立つ。藤村がいることがネットか口コミで広がったのかもしれない。藤村は仕事に差し支えのない程度に客に付き合い、愛想《あいそ》良く振る舞った。

その様子をカウンターの隅に座った栄子が面白くなさそうに眺めていた。

遅い休憩を取って一人行儀《ぎょうぎ》良く過ごしていたが、今は氷ばかりのオレンジジュースをストローですすっている。

「藤村さんのことが気になる？」

真紘が訊くと、栄子はそっけなく言った。

「そんなことないです」

「じゃあ、気になるのはお客さんの反応かな」

図星《ずぼし》だったようだ。栄子は目を丸くすると、拗《す》ねたように唇を尖らせた。

「……だって、みんな『おののこまち』ばっかり」

「当たり役だから印象が強いんだね。藤村さんは他のドラマに出ていないし」

「出てます、『ダンディダディ』です！」

「ダンディダディ？」

「店長さん知らないんですか？」

栄子はがっかりした様子で肩を落としたが、気を取り直して教えてくれた。

「ホームコメディです。パパはすねにキズを持つ元刑事の専業主夫で、子どもが六人います。うだつのあがらないだめだめ主夫ですが、子どものためなら何でもできちゃう、強くてゆかいなダディなのです」

「『おののこまち』と全然違う役柄なんだね」

「それはそうです、俳優はあたえられた役をこなせないと。残念ながら、パパは演技がへたっぴです。いい俳優はどんな役でも個性が光りますが、パパは顔だけですし」

これは手厳しい。真紘が苦笑すると、栄子は「芸能界ですから」としみじみ呟いた。

「演技はへたっぴですが、『ダンディダディ』はパパにぴったりの役でした。パパだからダディにえらばれたわけですが、世の女性としては子ぼんのうなダディより、イケメン恋敵の方がいいに決まっています。パパが売れないのもしかたないです。店長さん、『ダンディダディの世直しお手伝い』を知ってますか？」

「ううん。どういう企画かな」

「ダディが子どもたちからおハガキをもらって、こっそりおうちへお手伝いに行くんです。パパならではの、サプライズきかくです」

「すてきな企画があったんだね」

「はい！　パパががんばる間、お父さんとお母さんはデートに行くんですよ。パパは子どもたちと遊園地に行ったり、『胸焼け必至のハニートースト』をおねだりされたりと、大忙しです」

「胸焼け必至って、すごそうだね」

「こんがり焼いた食パンにたっくさんハチミツかけるんです。それはもう、食パンがスポンジみたいになるくらい。そこにトロ～としたバターをのせて完成です。すごく甘いんですって。パパのとくい料理です」

なるほど、胸焼け必至と銘打《めいう》たれるのも頷ける。楽しそうに話す栄子の姿に、真紘は頬を緩めた。

「栄子ちゃんは藤村さんのことを本当によく知っているね」

「パパですからね」

「だけど会うのは今日が初めてだよね。いくらお父さんでも、知らない人と会うのに不安はなかった？」

栄子がきょとんとした表情を浮かべたので、真紘はわかりやすく言い直した。

「冷たくされたり、仲良くしてもらえなかったらどうしようって、ドキドキしなかったかな。もしかしたら恐い人かもしれないって」

「それなら心配ありません、落ち目でもパパは俳優です。名前にキズがつくようなことはできません。そんなことしたらツイッターとかブログが大炎上です」

あどけない笑顔で大人顔負けに痛いところを突いてくる。

「人気商売で世論を敵にまわすのは厳しいね」

真紘が苦笑すると、栞子は「それはもう」と元気よく答えた。

「それに、パパはパパですから」

その表情に真紘ははっとした。

ああ、そうか。今までわからなかったことが、すとん、と腑《ふ》に落ちて、目の前の霧が晴れていくようだった。

その時、客席から藤村の声が響いた。

「上倉さん、会計お願いします」

藤村と話していたテーブル席の女性客が帰り支度《じたく》をしている。それを見た栞子は、むっとした顔でグラスから手を離した。

「私もお仕事にもどりますね。ごちそうさまでした」

「まだ休んでいて大丈夫だよ」

平気です、と栞子は背の高い椅子《いす》を下りて、テーブルの食器を片付けに行った。

栄子ちゃん、お父さんを取られたように感じたのかな。

微笑ましい反応に真紘は相好《そうごう》を崩し、カウンターを出てレジへ向かった。

会計の間も藤村は女性客と盛り上がっていた。女性が『おののこまち』の大ファンだったようで、藤村は客を店の外まで見送ると、上機嫌《じょうきげん》で戻って来た。「いやあ、いいですねファン。癒《い》やされるなあ」と、顔中の筋肉がゆるゆるだ。

「ずいぶん『おののこまち』に詳しいお客さんでしたね」

「そうなんですよ、今でも録画を観《み》てるらしくて。すごくないですか、さすが俺の当たり役『おののこまち』！　上倉さん第五話覚えてます？　あれね——」

相当嬉しかったのだろう。藤村は自身の活躍した回を声を弾ませて話した。

真紘がレジの釣り銭を補充しながら耳を傾けていると、目の端に栄子の姿が入った。

栄子は四人組の女性客がいたテーブル席を片付けていた。左手にメニュー表を抱え、片手でカトラリーを集めるのを見て、真紘は慌てて声をかけた。

「栄子ちゃん、ナイフとフォークは危ないからそのままで」

ホットケーキ用なので刃は鋭くないが、ナイフにしろフォークにしろ、不安定な状態で持つべきではない。しかし栄子は「平気です」とメニュー表を小脇に抱え直して、カトラリーを束ねて両手で摑んだ。

刃先を上にした八本のカトラリーは今にも小さな手から溢《あふ》れそうだ。

真紘がひやりとして栄子を止めようとした時、藤村が先に動いた。

「こっちに貸せよ」

「いいです」

栄子はつっけんどんに言ってカウンターをくぐった。そのあとを藤村が追う。

「よくないから言ってるの、落としたら危ないだろ」

「落としません」

「だから危なっかしいんだって」

「べつに危なくないです」

「何むきになってるんだよ、いいからそれ――」

栄子はかっとした様子でウエスタンドアを叩き開け、後ろに向かって叫んだ。

「一人でできるって言ってるでしょ！　パパなんか」

「栄子ちゃん前！」

真紘の声に栄子が正面に目を戻した。

まるでスローモーションの映像を見ているようだった。

乱暴に開けたウエスタンドアが跳ね返り、勢いそのままに閉まろうとしていた。

ドアのへりは栄子の目線の高さと同じ。驚きと恐怖で見開かれた瞳《ひとみ》に、しなったドアが容赦《ようしゃ》なく打ちつける。

バンッ、と激しく衝突する音が店内に響いた。

だが、ウエスタンドアが栄子を直撃することはなかった。

藤村が栄子を抱き寄せ、左手でドアを押さえていた。その右手はカトラリーを握りしめている。ナイフの刃やフォークの先端で栄子が傷つかないように。

「あ……」

栄子が振り返った瞬間、藤村が怒鳴《どな》った。

「バカ！　怪我したらどうするんだ！」

ビリビリと怒声が店内に響いた。聞いたこともない恫喝《どうかつ》に栄子は横っ面を叩かれたような顔で固まった。

藤村は栄子の怯《おび》えた顔を見て声を呑み込むと、苛立《いらだ》たしげに息を吐いた。

「ちょっと外の掃除してきます、お騒がせしました！」

怒気を孕《はら》んだ声で言い、裏口から出ていった。

「栄子ちゃん大丈夫⁉」

真紘が駆け寄ると、栄子は呆《ほう》けた顔で頷いた。念のため顔や手を確認したが、かすり傷一つ負っていない。真紘はほっとして肩の力を抜いた。

まさかウエスタンドアがこんなに危ないとは。大人ならぶつかっても胴や腕を打つ程度で済むが、子どもでは顔面を直撃していた。

真紘は店内にいた数人の客に頭を下げ、騒がせたことを謝った。それから栄子の背中を押して厨房に入ると、スズが丸椅子を用意して待っていた。

「救急箱いる？」

大丈夫だと真紘が答えると、スズは栄子を椅子に座らせて、強張った手からカトラリーの束を引き抜いた。角度を変えて刃先を確かめる。

「血はついてないから藤村さんも大丈夫だな。切れてても浅いだろ。それにしても、迷わず刃先を握るとはね。恰好いいじゃん」

スズの言葉で、初めてどれほど危険なことをしたのか気づいたのだろう。栄子は見る見るうちに青ざめ、紙のように白い顔で真紘を振り仰いだ。

「ごめんなさい……！　店長さん、ナイフとフォークはあぶないって言ったのに」

「いいんだよ。栄子ちゃんが怪我をしなくて本当に良かった」

「でも私が言うことききかなかったからっ！　パパだいじょうぶですか、本当にちょっと切っただけですか!?」

「大丈夫だよ」

「でもすごく怒ってた……！　どうしよう、パパが私のことをきらいになったら」

「嫌いになんてならないよ」

うそ、と叫びかけ、栄子は唇を引き結んだ。それから硬い表情で頷いた。

「……そうですね。すみません」

無理に微笑むのを見て、真紘は胸を衝《つ》かれた。

ああ、俺もだめだな。気を遣わせないつもりで、逆に気を遣わせている。

子どもは大人が考えるよりずっと大人の顔色を見ている。敏感に感じ取るが、それを言葉や行動にする経験値がないだけだ。聡《さと》い子にはそれができてしまう。たった今安心させようとする真紘の気持ちを汲《く》んで、栄子が不安を呑み込んだように。

大人の悪いところはすぐ恰好つけるところだ。子どもにはわかるまいと説明を省いて、本当のことを教えないこと。

真紘はその場に膝をついて、丸椅子に座った栄子の顔を覗き込んだ。

「藤村さんが怒ったのは、びっくりしたのと、栄子ちゃんが怪我をすると思ったからだよ。俺も弟が同じことをしたら、やっぱり怒る」

大きな瞳が問うように真紘を見た。

「俺と弟は歳《とし》が離れているから、藤村さんが栄子ちゃんに向ける気持ちと似ていると思うんだ。だからわかるんだ。俺はいつだって弟のことが心配だよ。ケンカをしている時だって。どんなに弟がしっかり者でも、頭が良くても、そういうことは関係なく自動的に心配しちゃうんだよ」

　本人は嫌がるけどね、と真紘は笑って話を続けた。

「藤村さんが出ていったのは、栄子ちゃんを怖がらせたからだよ。もしかしたらあんな風に怒った自分に驚いたのかもしれないね。だから心配しなくていい、と思ったんだ。わかるかな」

　栄子はしばらく考えて、ゆっくり頷いた。

「パパにあやまってきます」

「うん、それから『ありがとう』もね」

栄子が微笑んだ。真紘は裏口を開けて栄子を送り出し、藤村に声をかけるのを見守った。振り返った藤村のばつの悪そうな顔を見て、自分の考えが正しいことを知った。

　もう心配いらない。真紘はそっと裏口のドアを閉めた。

「なんかさあ、仲良くなってねえ?」

ウエスタンドアの上部に凭《もた》れたスズが、カウンターの真紘に訊いた。その視線は客席に向いている。

戻ってきた藤村と栄子は、手分けして一つのテーブルの食器を片付けていた。

ぎくしゃくした様子もなく、ごく自然と接している。

「ドラマの役を横取りするために他の事務所が送り込んできた工作員——なんて言ってたのに、あの様子じゃ、そんなコメントしたのも忘れてるな」

まあ、問題なきゃいいか、とスズは力の抜けた声で笑った。

「そういうスズの方は大丈夫?」

「ん、何が?」

「依頼のこと。話を聞く暇もなくて、相談に乗れていないから」

「ああ、へーき、へーき」

スズは手をひらひらと振った。自分も大切な用件があってここへ来たのに、気遣わせまいとする姿勢に頭が下がる思いがした。

今は言葉に甘えて、藤村さんと栄子ちゃんのことに集中させてもらおう。

真紘はそう決めてスズに尋ねた。

「それで二人についてわかった?」

　スズが怪訝な顔をしたので、真紘は目を瞬いた。

「藤村さんと栄子ちゃんを店の手伝いに誘ったのは、二人をよく知るためだよね？」

　藤村は依頼人だ。悠貴の戻る六時に出直してもらうか、店内で待ってもらうのが筋だ。それを、スズが働くように促した。座って待たせても藤村と栄子がどんな人間かわからない。しかし共に働くことで二人の性格や考え方がわかる。

「問いたださなくても、一緒に過ごすうちに事件を解決する手がかりがあるかもしれない。スズはそう思ったんだろう？」

　真紘が訊くと、スズはにやりとした。

「半分は探偵を待つ間の時間潰しだよ。どうせ待つなら楽しい方がいいし。そういう上倉さんこそ、何か気づいてるだろ？」

　からかうように言いながら、スズの目は確信しているようだった。

　買いかぶられているな、と真紘は内心で苦笑《にがわら》いした。しかし思うところはある。

「俺は、栄子ちゃんは本当のことを言っていると思う」

「根拠は？」

「うーん、勘？」

「勘か」

小さく笑うスズに真紘は頷いた。

「少なくとも栄子ちゃんは藤村さんの言うような他の事務所の差し金ではないよ」

示せるものは何もない。それでもスズには通じるものがあったらしい。「だな」とスズは肩を竦め、客席に目を戻した。

ちょうど店に残っていた最後の客が店を出るところだった。会計は先に済ませていたので、「ありがとうございました」と声を揃えて全員で見送る。

客の姿が見えなくなると、藤村がくるりと真紘の方へ向き直った。

「ケーキも焼き菓子も品切れになりましたよね？　もうお客さんが来ても、出せるものがないですよね？」

「そうですね。五時半ですし……少し早いですが店を閉めましょうか」

その言葉を待っていたように藤村は目を輝かせた。

「やった、終わったあ！　お疲れ！」

喜び余って栄子にハイタッチし、藤村ははっとした顔つきになった。一瞬視線を逸《そ》らしたものの、また栄子と目を合わせると、小さく笑った。

「栄子ちゃんも藤村さんもお疲れ様でした」

「はい、上倉さんとスズ君もお疲れ様です！」

満面の笑みで藤村が言った時、スズが「よし」と厨房から出てきた。

「じゃあ、こっちも片付けるか。もう嘘はやめようぜ」

そう言って客席に視線を向けた。

「そうだろ、エーコ」

4

店内がしん、と静まり返った。真紘は驚いてスズを見た。藤村もぽかんとした顔でスズを見ている。名指しされた栄子も。

栄子は目を白黒させた。遅れて言葉の意味を理解し、激しく頭を振った。

「私、うそなんて」

「嘘だろ」

軽い調子だがスズの声には確信がこもっていた。

「なんで藤村さんのとこに来たか、最初から説明してくれるか？」

「だ、だから……ママが亡くなったから、パパのところに」

「どうして藤村さんがパパなんだ？」

「パパを知ったのは、あの写真です。ママにこの人はテレビに出てる人かきいたら、そうよって。それで私のパパだって教えてくれました。でも私が生まれたころ、パパはお酒で失敗したから。ママはこの人をパパにしては大変と思って、ずっと連絡してなくて……ほかのことは知りません、ママはその……亡くなって、前から病気で」

エーコ、とスズが遮った。

「俺が知りたいのは事実だよ、本当の話」

「話してます、今言ったことは本当です！」

「それ変だろ。エーコが藤村さんがパパだって知ったのは、母親がいまわの際《きわ》に話したからだろ？　それまで藤村さんのこと知らなかったはずなのに、藤村さんについて詳しすぎ。母親が死んだってわりに全然悲しんでねえし」

「悲しまないからうそですか？　じゃあ、悲しめない子はみんなうそつきですか？　そういう決めつけ、ひどいです」

スズは首の後ろに手をやって溜息をこぼした。

「じゃあ言うけど、まずエーコの母親と藤村さんのなれそめ。あれ嘘。時期が合わねえ。エーコ今小三だろ、てことは八、九歳だ。『おののこまち』が放送されたのは八年前。ドラマの放送される一年以上前に、藤村さんはどうやって『おののこまち』の台詞でエーコの母親を口説いたんだ?」

栄子の母親と藤村が出会った年、『おののこまち』はまだ放送されていない。『百回記憶をなくしても百一回あなたに惚《ほ》れる。あなたは僕の女神だ』という劇中の台詞を使って口説くことなど、できるはずがなかった。

「お、おけいこでセリフを知っていたんです、だからパパはナンパのとき──」

「藤村さんは流行《はや》ってたからあの台詞を使ったって言ったぞ。言うと喜ばれるからって。ふつー、ナンパであんな台詞使ってもドン引きしかされねえって」

あなたは僕の女神だ──強烈に歯の浮く台詞である。有名ドラマの俳優本人が口にするから喜ばれるのであって、そうでなければ、笑われるか気味悪がられるかのどちらかだろう。

「そんなこと私に言われても……、言われたのはママだから」

「じゃあママに電話して訊くか」

栄子の表情が凍りついた。

そして、スズは核心を突いた。

「母親、生きてるだろ」

栄子は青ざめて叫んだ。

「なに言ってるの⁉ そ、そんなことない、ママはもういなくて」

「だからやめようって。こっちは全部わかってるから。エーコの頭のリボンを結んだの、ママなんだろ」

「ち、ちがう……！ どうしてそんなこと」

反駁《はんばく》しようとする栄子を無視してスズは真紘を振り返った。

「上倉さん、エーコのリボン直した時に違う形になったよな」

「うん。蝶結びにしたけど、反対側の蝶結びと何か違って。そっちをお手本に結び直したら、縦結びになって上手くいかなかったんだ」

「それ、上倉さんが右利きで輪を作る方向が違うからだよ」

スズが詳しく説明した。

「紐《ひも》を結ぶ時ってその人の癖がよく出るんだ。無意識だから習慣で覚えたやり方をするし、手が動かしやすい方に流れる。ドライバーでネジを締める時、右手で回すのは簡単だけど、左手でやると力が入りにくいだろ。あれと一緒で、手首を返す方向は右手と左手じゃ逆になるんだ。だから紐を結ぶ時もその特徴が出る」

「つまり、右利きの俺が同じ蝶結びを再現できなかったのは、栄子ちゃんのリボンを結んだ人が左利きだから……ということかな」

スズは頷いた。栄子は右利きだ。そもそも自分でリボンを結び直せなかった。その髪を梳《くしけず》り、きれいな蝶結びをした人がいる――それほど身近な、左利きの人物。

「エーコの母親、左利きだよな。写真で腕時計を右手にしてた」

栄子の持っていた写真だ。藤村と並んで写る女性の右手首には高級腕時計があった。写真を確認するまでもない、栄子の表情がすべてを物語っていた。

「藤村さんと母親のなれそめは嘘。死んでるはずの母親は生きている。そんな嘘を吐いてまで、どうして藤村さんにまとわりつく？」

栄子は目をそらした。小さな体が震えている。

怯えている。これ以上は追い詰めるだけだ。真紘がそう感じて話を中断させようとした時、声が響いた。

「本当、なのか……？」

藤村だった。驚いたように目を見開き、困惑した表情を浮かべている。

「いや……いやいや、そんなはずないって。だってこの子、めっちゃ真面目《まじめ》でしょ。一緒に仕事してわかったけど、接客が丁寧《ていねい》で、後片付けだって率先してやるし。生意気だけど素直に謝れる良い子だよ。スズ君、勘違いだよ。リボンの結び方とか気にしすぎ、気のせいだよそんなの」

ドラマの役を奪うために他事務所が送り込んできた子ども――栄子をそう呼んだ藤村が、信じようとしなかった。

「冗談きついよな、何でそんな嘘を吐かなきゃいけないんだっての」

なあ、と藤村が栄子に笑いかけると、栄子は胸を衝かれた顔になった。

「え、栄子？」

栄子は藤村を見つめた。瞬きもせず、じっと。

やがて、か細い声がこぼれた。

「――ごめんなさい」

一言言ったとたん、堰《せき》を切ったように栄子の唇から謝罪が溢れた。ごめんなさい、ごめんなさい、ごめんなさい――繰り返される言葉に藤村は呆然《ぼうぜん》と立ち尽くした。

栄子はしゃくり上げるように息をして、喉から声を押し出した。

「パ……あなたのことは、写真で知りました。むかしママがパーティー会場ではたらいていたとき、藤村さんがきて、一緒にとってもらったって」

それから震える声で続けた。

「今度、ママが再婚します……。新しいお父さんは、子どもが嫌いです。だから栄子とは一緒にいられないって言われました。私は……おじいちゃんのところに行くと思います。でもおじいちゃん、迷惑してて」

「なんで？」

スズが訊くと、栄子は打ちのめされた顔で目を伏せた。

「……おととい、うちに帰ったら、玄関におじいちゃんのくつがありました。そしたら、おじいちゃんとママがケンカしてる声がして。おじいちゃん……すごく怒ってた。『栄子は犬や猫と同じだな、いらないからお前は捨てるんだな！』って」

真紘は絶句した。祖父は栄子がいないと思い、母親を責めるために辛辣な言葉を使ったのだろう。だが間違ってもそんな言い方をすべきではなかった。

『犬や猫』『いらない』――そんな言葉が飛び交い、どちらが自分を引き取るかで母親と祖父が延々ともめる。自分のせいで二人が口論する。

その場に居合わせた栄子は、どれほどショックを受けたのか。

捨てられたように感じたのかもしれない。実の家族から必要とされず、厄介者《やっかいもの》のように扱われる。そんな自分を巡って口論する二人の姿に、どれだけ胸を痛めたのか。

小さな少女の胸に去来した不安と恐怖は想像するに余りある。

「だから藤村さんのところに来たんだね。栄子ちゃん、『ダンディダディ』の藤村さんはとっても恰好が良かったと教えてくれたね。世界で一番のお父さんだって」

スズが怪訝そうに片方の眉《まゆ》を吊《つ》り上げて真紘を見た。

「ダンディダディ？」

「昔そういうドラマがあったんだ。家族想いの、子どものためなら何でもできるすごい人で、藤村さんがその役を好演したんだ。ダディが一般のお宅にお手伝いに行く企画もあったそうだよ。栄子ちゃんはそれを見ていたんだ」

「けどそれ、ドラマだろ？」

その通りだ。ドラマはフィクション。作りもので、役者は演じているだけ。大人なら誰でも知っている。子どもだってドラマが作りものだと知っている。けれど、どんな『作りもの』か知らない。まして一般の家に手伝いに行く企画とあっては。

ドラマの人物が現実に暮らす人の家を訪ね、子どもたちと遊ぶ。見ず知らずの子を自分の子のように可愛《かわい》がり、愛情いっぱいに接する——その様子をどうして『作りもの』と思うだろう。そもそもどこまでが役者の演技で本心かなど、大人にもわかるはずがない。『作りもの』と知って観るからフィクションだと受け止めているだけだ。

子どもが大好きな、優しいダディ。

抜けたところはあるが、全力で子どもを大切にする、世界一のお父さん。

テレビ越しに観る藤村と子どもたちの幸せいっぱいの笑顔は、どんなふうに栄子の目に映ったのだろう。無条件にその胸に飛び込めることに、どれほど憧《あこが》れたのか。

スズが溜息を漏らした。

「なるほどね。口説き文句とか酒に溺《おぼ》れたとか、妙にゴシップネタが多いのはそのせいか。個人的に知らない藤村さんの情報を集めると、そういう話が完成するわけだ」

言葉が耳に刺さったように栄子は身を小さくした。

今は下火でも一世風靡《いっせいふうび》した俳優だ。少しネットを調べれば、プロフィールやゴシップ記事が転がっている。有名人の住所を調べて勝手に住所を公開する人もいるし、ツイッターを見れば、本人がどこにいて何を買ったかまで報告してくれる。

情報は簡単に手に入る。あとはそれらしく話をまとめるだけ。

つぎはぎだらけの嘘だが、当時派手な遊びをした藤村には、あり得ないことと無視できなかった。結果、栄子の計画は上手く運んだ。だが藤村を騙《だま》せたところで母親が栄子が帰らないことに気づく。捜索願が出されれば、あっという間に連れ戻される。

最初から上手くいくはずのない計画だった。

どんなに賢く見えても、所詮《しょせん》は子ども。その行動は稚拙《ちせつ》で、考え方はとても幼い。

「ダディがパパなら、いいなって思いました……すごくいいなあって」

栄子は声をとぎらせた。

藤村がパパだったら。子どもが大好きな、あのダディがお父さんだったら——思い描いてしまった憧れに胸を乱され、涙で声が詰まったのがわかる。栄子はきつく唇を噛んで堪《こら》えると、呼吸を整えて顔を上げた。だが平静に見えたのも束《つか》の間《ま》。不意に栄子の顔がくしゃりと歪《ゆが》み、抑えきれない悲しみが擦《かす》れ声となってほとばしった。

「どうして……っ？　ママは家族をえらべるのに、どうして私はだめなの」

優しく抱きしめてくれるお母さん。何の遠慮《えんりょ》もなく、甘えられるお父さん。友だちや同世代の子が持つ『当たり前』をほしいと思うのは我《わ》が儘《まま》だろうか。嘘でもいいからそのぬくもりに包まれたいと思うのは、それほどいけないことだろうか。

誰に向けた言葉でもない、一瞬の、初めて少女が見せた本音。だが。

「そりゃお前がクソガキだからだろ」

硬質な声が店内に響いた。スズは目を眇《すが》め、冷ややかに栄子を見下ろした。

「甘えんなよ。お前、自分が何したかわかってんの。駄々《だだ》を捏《こ》ねて、関係ない奴《やつ》に迷惑かけて分が悪くなったら泣く。どうせ泣けば済むと思ってたんだろ？　そのくせ優等生ぶって親には良い顔して本気でぶつかれない。本気で捨てられたら困るもんな」

胸を抉《えぐ》られたような顔で栄子はスズを見た。しかしスズは容赦なく言い放った。

「だからお前はクソガキなんだよ。自分本位の嘘吐いて、迷惑かけて。自分だけが可愛くて、他人なんてどうでもいいんだろ。お前みたいなのじゃ親に捨てられて――」

「やめろ！」

大声がスズの声をかき消した。藤村が目を吊り上げてスズを睨んでいた。

「藤村さん……」

真紘は意外な思いで藤村を見た。藤村は険しい顔つきで声を震わせた。

「大人だってしょっちゅう嘘吐く。バカなことするし、失敗ばっかだよ……！　でも大人は、子どもがぶつかってきたら全力で受け止める。子どもが困ってたら助けるもんなんだよ。それができなかったのはこっちなんだ、栄子は悪くないだろ！」

スズが失笑した。

「あんなに迷惑がってたのに、どうしたんだよ急に？」

「ああ、迷惑だよ！　迷惑だったけど、事情があるなら仕方ないだろ！」

藤村はそう叫び、キッと栄子を睨んだ。

「お前もお前だ、そういう事情なら最初から言えよ！　何で子どもが謝らなきゃいけないんだよ……！　迷惑だとか、困らせるとか、子どもがそんなこと考えるな、絶対そんなふうに思うな！　頼むから、そんなふうに傷つかないでくれよ……！　そんな悲しいこと、言わないでくれよ」

藤村の声が涙に揺れた。怒りながら今にも泣き出しそうな藤村に、栄子はびっくりした顔つきで呟いた。

「なんでパパが泣くんですか」

「パパじゃない、ダディだ！」

笑ってしまうほど滑稽《こっけい》な返事。しかしこう叫べる男は藤村しかいない。

「ダンディダディは困ってる子がいたらどこにでも行く、いつだって助けてやる。そんなこと栄子も知ってるだろ、だから俺のところに来たんだろ！　だったらちゃんと俺を信じろよ、俺は栄子のダディなんだから！」

栄子は唖然《あぜん》とした顔で藤村を見つめ、次の瞬間、

「わあああああ――――！」

いきなり大声で泣き出した。耳に刺さる怪獣のような声だった。栄子の目から大粒の涙が溢れ、止めどなく頬を伝い落ちる。今までの優等生ぶりが嘘のように、火がついたように大声で泣きじゃくった。

藤村が鼻をすすりながら栄子のそばにしゃがみ込んだ。

真紘はその様子を眺めながら、スズにそっと囁いた。

「スズは俳優になれるね」

スズは、何のこと、と言わんばかりに肩を竦めた。

どんなに演技が上手くても、藤村と栄子を見る眼差しの温かさは隠せない。しかしそれを指摘したところでスズは飄々《ひょうひょう》として、本心を語らないだろう。

尋ねる代わりに真紘はウエスタンドアを開けた。

「スズ、軽食を出すの手伝って。たくさん泣くと喉が渇くから。お腹も空くしね」

「いいけど、何作るの？」

「胸焼け必至のハニートースト」

何だそれ、とスズが笑いながらカウンターに入った。

厨房から漂う黒煙と焦げ臭い匂《にお》いに藤村と栄子がカウンターの奥へ飛び込むのは、その少しあとの出来事だ。

§

柱時計が六時を告げた。日はとっぷりと暮れ、店内の暖色の照明が一層暖かく感じられる。身支度を整えて入り口に立った栄子の顔にもう涙の痕《あと》はなかった。

「スズさん、店長さん、本日は大変ごめいわくをおかけしました」

栄子はぺこりと頭を下げた。

「今後について、きちんとママと話します。できればおじいちゃんも一緒に、どのように暮らすのがのぞましいか、話し合いたいです。どうなるかわからないけど……いちだんらくついたら、またごあいさつにきますね」

「さっきは脅かして悪かったな」

見送りに来たスズが言うと、栄子は眉尻《まゆじり》を下げて笑った。スズが藤村を焚《た》きつけるために辛《つら》く当たったのだと、ちゃんとわかっているようだ。

栄子は良い子だ。真紘は、それがとても心配だった。

人の気持ちを敏感に感じ取れて気配りができ、相手を思いやれる。そういう子は、先生や親から自然と頼りにされ、頼られることで余計にしっかりしてしまう。それが自信に繋がってますますしっかり者になる。

出来の良い子ほど大人の希望や期待に敏感だ。できて当然と思われ、失敗できなくなる。見えないプレッシャーを常に受け、人の言葉の裏を読もうとする。聡い子ほど子どもでいられる時間は短い。……まだ小さかった悠貴がそうだったように。

真紘は栄子の前にかがみ込み、目線を揃えた。

「栄子ちゃん、知っているかな？　栄子ちゃんは今とてもすてきな時間にいるんだ。とても特別で、魔法みたいな時間だよ。だけどその時間はもうすぐなくなって、栄子ちゃんは今日できることが明日《あした》はできなくなる」

「えっ？」

驚く栄子に、真紘は秘密を打ち明けるように囁いた。

「誰も教えてくれないけど、大きくなるとできなくなることがたくさんあるんだよ。たとえば、木登りをしたりスキップをしたりね」

「……別に、すればいいと思いますけど」

「うーん、じゃあ俺が床に転がってわめいたらどうかな？　『お客さんが来なーい、つまらないよー』って手足をバタバタさせたら？」

その絵を想像したのだろう。栄子が小さく吹き出した。

「ね、笑っちゃうだろう？　もし俺が外でそんなことをしたら、おまわりさんに怒られちゃうよ。大人は理由もなく木に登ったらいけないし、飛び上がるほど嬉しいことがあってもスキップして町を歩けないんだ。そんな大人、おかしいだろう？　だけど栄子ちゃんはできる。栄子ちゃんは体いっぱいで気持ちを伝えていいんだよ。誰も君の気持ちを笑わない」

　はっとした顔つきになる栄子に、真紘は優しく微笑んだ。

「怖がらないで、お母さんに栄子ちゃんの気持ちを伝えてごらん。せっかくなんだ、一度くらいたくさん駄々を捏ねて我が儘を言って、わめかなくちゃ」

　栄子は苦笑いした。

「そこまではしません。……でも、少しならしてもいいかも」

　そう言って横を見上げた。栄子の隣に立った藤村が自信たっぷりに頷いた。

「任せとけ、怒られる時は俺も一緒だ。一緒にママと話そう」

　気持ちを受け止めてくれる大人がいる。

　たったそれだけで子どもはずっと伸びやかに、素直になれる。

　栄子と藤村は微笑んで、手を繋いだ。その笑顔はどんな親子よりも親子らしかった。


「あーだめだ、胃が限界。チクチクする、胸が焼ける」

　二人を見送って客席に戻ると、スズがカウンターのスツールに倒れ込んだ。テーブルに残っていたコーヒーとお冷やの水をがぶ飲みして、グラスを持ち上げた。

「真紘、おかわり」

　ハニートーストを作るところを目撃されてからというもの、呼称が『上倉さん』から『真紘』の呼び捨てになってしまった。

敬われなくなっちゃったなあ、と真紘は苦笑いして、グラスに水を注《つ》いだ。

ハニートースト作りは真紘から藤村に調理が代わり丸く収まったかに思われたが、完成したそれはなかなかの代物《しろもの》だった。焼きたてのトーストから染み出す大量の蜂蜜《はちみつ》に、大きくカットしたバター。『胸焼け必至』と言うだけあって高カロリー高脂質の、スイーツという名のどろ甘の凶器だ。作ったからにはと皆で食べたが、甘すぎる物を食べると体が震え出すという、得がたい経験をした。

「あの二人、どうなるかな」

ふとスズが言った。その視線は扉に向いていた。

「お母さんに栄子ちゃんの気持ちが伝わるといいね」

「どうだろうな、エーコの母親がどんな人間かわかんねえし。まあ、藤村さんの登場で案外面白いことになるかもな」

意味深な言い方に真紘が視線を向けると、スズは上体を起こした。

「エーコは嘘を吐いた。母親は生きてるし、口説き文句の話も嘘。けど、それだけだ。他の話が本当かどうかは別問題だろ」

「そういえばあの写真……」

「ああ。写真に写ってたのは間違いなく藤村さんと栄子の母親だった。藤村さんがプレゼントしたっていう腕時計をエーコが持ってたし。小学生が嘘のためにブランドの腕時計は買えねえよ」

あの写真があったからこそ、栄子は藤村が父親ならと考えた。そして、その希望を現実のものにするために嘘を継ぎ足した。

「エーコは話を盛ったけどさ、真実もある気がするんだよ。藤村さんも覚えがあるみたいだったし。なあ、エーコと藤村さんの耳の形が似てるの、気づいた？」

「耳？」

「耳って遺伝的特徴がよく出るんだよ。血液鑑定とかＤＮＡ鑑定が一般的になる前は法医学的な人物鑑定や親子鑑定で重視されてたくらいな」

「そうなんだ。注意して見ていなかった」

二人の耳の形は思い出せないが、スズの言わんとしていることはわかった。

「藤村さんと栄子ちゃんが一緒に働いているところを見ていると、何となく似た雰囲気があったね。気をつけて見るとパーツが似ている気がして。髪が猫っ毛のところとか、お皿を運んできてくれた時に見た爪《つめ》の形とか。それに一番は——」

「『目元がそっくり』」

真紘とスズは声を揃え、吹き出した。

「まあ、実際のところはわかんねえな。藤村さんがエーコの実父だったら、それはそれで藤村さんサイテーだし」

けど、とスズは微笑んだ。

「さっきの藤村さんは恰好よかった」

「そうだね」

嘘から始まった『パパ』と『自称その娘』。少女のやり方も、出会い方も間違っているが、もしそこに真実があれば、遠からずその答えは明らかになるだろう。そう思うと、栄子と藤村が再び店に現れる日が待ち遠しい。

いつか巡るかもしれないその日に束の間思いを馳せ、真紘は視線をスズに戻した。

「ようやくスズの依頼が訊けるね。遅くなってごめん。いろいろとありがとう」

「いいよ別に」

「だけど店も手伝ってくれただろう？　俺一人だったら栄子ちゃんと藤村さんの件をどうにもできなかった」

時間をかければ栄子を説得できたかもしれない。しかし謎を解き、隠された意図を見出《みいだ》すことはできない。スズが力を貸してくれなかったら解決できなかった。

依頼があると知れば、悠貴は飛んで帰ってくる。文化祭という特別な今日だけは普通の高校生らしく、楽しく友だちと過ごしてほしかった。悠貴からすれば余計なお世話だろうが、兄というのは余計なことをする人材なので問題ない。

「今日一日、本当にありがとう」

真紘が改めて礼を言うと、スズは照れくさそうに笑った。

「俺も結構楽しかったよ。真紘さんもなかなかやるなって思ったし、料理以外は」

あっ、『さん』付けになった。少しは名誉挽回《めいよばんかい》できたかな、と真紘は笑顔になった。

「じゃあ、そろそろ本題に入ろうか」

「まだいいよ、俺の依頼は大したことないからさ」

「それなら嘘をやめるところからにしよう。もう偽名を使わなくていいんだよ」

そうだな、と頷きかけたスズがぎょっと顔を上げた。真紘は朗らかに言った。

「本当の目的を教えてくれるかな、花見堂《はなみどう》聖君《せい》」

スズは驚いた様子で真紘を見つめた。

やがてその口の端に薄い笑みが浮かび、好奇心に目が輝いた。

「おっかしなあ、会うの今日が初めてだよな？」

「そうだね」

「写真はないはずだし……悠貴から俺の人相訊いた？」

真紘が首を横に振ると、スズは思案するように天井を仰いだ。しばらく考えてから悔しそうにうなった。

「あーわかんねえ、降参。何で俺だってわかった？」

「勘、かな」

「また勘かよ」

敵《かな》わねえー、とスズは肩を揺らして笑った。

依頼人と言いながら依頼を話そうとしないこと。切羽詰《せっぱつ》まった様子がないこと。積み重ねればそれらしい理由を挙げられるが、後付けだ。真紘は本当に何となくそう思ったにすぎない。だが、不思議と確信していた。

「それでどういう依頼かな」

スズが答えようとした時、チリリン、と涼やかなドアベルの音が店内に響いた。

夜風と共に「ただいま帰りました」と明るい女性の声がする。

帰ってきた美久と悠貴が楽しそうな笑みを浮かべているのを見て、真紘は顔を綻ばせた。どうやら文化祭は上手くいったようだ。

できれば、二人の笑顔の凍りつくその瞬間など見たくなかったが。

第二話
ラスティネイルi

1

九月最後の月曜日。吉祥寺《きちじょうじ》通りを歩きながら、小野寺美久は吐息を漏らした。朝の空気は澄んでいて少し冷たい。日差しはまだ夏のようだが、秋の気配は静かに深まっていくようだ。

そろそろホットドリンクやこってりしたケーキの注文が多くなるかな——普段はそんなことを考えながら出勤するが、今日は別のことで頭がいっぱいだった。

——ここで何をしている、聖！

悠貴の声が耳に蘇《よみがえ》り、美久は目を伏せた。

昨日《きのう》、慧星学園の文化祭を終えて悠貴とエメラルドへ帰ると、思いもしない人物が待ち構えていた。

「ここで何をしている、聖！」

悠貴の声が鋭く店内に響いた。

美久は啞然として、カウンターを見つめることしかできなかった。

スツールに腰掛けた青年が、長身の体をもてあますようにテーブルに凭れていた。無造作《むぞうさ》に流したアッシュブラウンの髪の間に三連のピアスが光る。レザーのブレスレットに無数の指輪、洋酒のような華やかな香りの香水が堂々とした風貌を一層派手に見せる。だがその瞳は少年のように無邪気だ。

花見堂聖。

一目見て彼だとわかったが、美久は理解できなかった。

聖と悠貴は反目《はんもく》し合っている。特に聖は悠貴の顔を見ただけで虫酸《むしず》が走ると吐き捨てたほど強い憎悪《ぞうお》を抱えている。その聖が、なぜここにいるのか。楽天家の美久でさえ和解に来たとは思えなかった。

悠貴はその可能性を微塵《みじん》も考えなかったのだろう。きつい目で聖を睨んだ。その眼差しを正面から受けてなお、聖の顔から笑みは消えなかった。コーヒーカップを手にのんびりと言った。

「いい店だな、ここ。落ち着いた雰囲気で内装も洒落てる」

「質問に答えろ」

「料理は難アリだけどコーヒーはうまいし、人柄のいい店長もいて——」

「質問に答えろと言っている！」

「いい気なもんだって言ってんだよ」

聖の声がぞっとするほど低くなった。

「てめえがどこで何してようがどうでもよかった、俺の邪魔をするまではな。ちょっと調べてみればこれだ」

聖は店内を一瞥《いちべつ》した。

「平凡な生活、平穏な毎日。家族や居心地の良い家でぬくぬくしながら、探偵業だ？　免罪符《めんざいふ》のつもりか？　胸くそ悪い。てめえの罪悪感を消すためのお遊びで邪魔されたと思うとマジでうぜえ。その甘ったれた神経もぬるいやり方にもヘドが出るんだよ」

そう吐き捨て、聖は醜《みにく》く顔を歪めた。

「いいか、よく覚えておけ。俺はこの場所を知ってる。次ナメたことしたら全部ぶっ壊すぞ」

「何かしてみろ。必ずお前を破滅させる」

悠貴は無表情に返した。平板な口調だが、その目は苛烈《かれつ》な怒りで底光りしていた。張り詰めた空気に美久は息を呑んだ。二人とも本気だ。何かあれば必ず宣言を実行するだろう。憎しみと嫌悪の滲む二人の眼差しに、はっきりとその意思が読み取れる。

聖がカップを置いて立ち上がり、美久と悠貴の方へ向かってきた。

緊張が走った。一触即発《いっしょくそくはつ》に思われたが、聖は悠貴の横をすり抜けて店を出た。聖の通ったあとに怒気が漂っているようで、美久はその場から動くことができなかった。

悠貴が扉を横目にカウンターへ向かった。

「大丈夫か真紘。何なんだあいつ、一体いつからここに」

「朝からだよ」

のんびりした真紘の返事に悠貴は目を見張り、素早く店内に視線を走らせた。

「何に触った、どの席で何をしていた」

「大丈夫、何もしていないよ」

「大丈夫じゃない！　店に上がり込んだんだぞ、昔からろくでもないことを思いつく奴なんだ、殊《こと》に俺を不愉快にさせることにおいてはな！」

「それならなおさら何もしないよ。うちに花見堂君がいたら悠貴はびっくりするだろう？　それなのに何もしないで帰ったら、悠貴はあれこれ勘ぐらずにはいられない。花見堂君はそうわかっているんじゃないかな」

悠貴は、探偵業はもちろん実家が喫茶店であることを学友にも話していない。オンとオフを切り替える性格だ。そんな悠貴がほっとした気持ちで家に帰ると、敵対する聖がお茶を飲んでいる――嫌がらせとしてはインパクトも効果も絶大だ。

「花見堂君は悠貴の嫌がることをよく心得ているね」

悠貴は聖の去った戸口を振り返り、ドアベルの微かに震える扉をいつまでもじっと見つめていた。

昨日の悠貴のその表情を思い出し、美久の胸はずきりと痛んだ。

夏休みが終わり、今週から大学の後期授業が始まる。エメラルドに来る日数が減る時にこんな問題が起こるなんて。

悠貴君と聖君がまたはち合わせしたらどうしよう……。

悶々《もんもん》としながらエメラルドの店先にさしかかった時、ふと地面に男物の靴が落ちているのが目に入った。つま先を上にして左右の靴が仲良く並んでいる。そして、その靴を履いたデニムの足も。

――えっ⁉　人が倒れてる！

「だ、大丈夫ですか⁉」

美久はぎょっとして駆け寄り、その顔を見てさらにぎょっとした。

店先で仰向けに寝そべっていた青年が目を開け、美久に微笑みかけた。

「おはよ」

驚きすぎて言葉にならなかった。口をぱくぱくさせる美久を尻目に、青年——花見堂聖は勢いをつけて上体を起こした。

「この店、平日の開店は十一時からなんだな。待ちくたびれて寝てた」

あくびをする聖に美久は身を強張らせた。

「な、何しに来たの……!?」

以前、聖は美久を連れ去っている。悠貴への嫌がらせのためなら、ありえないことを平然とやってのけるのだ。それほどまで悠貴を憎んでいる。

「まさか悠貴君に何かする気じゃあ……!」

昨日の今日だ。言い放った言葉を実行しにきたのか。

美久が竦み上がると、思わぬ答えが返ってきた。

「ここにいれば美久に会えるだろ。昨日も美久に会いに来たんだよ」

「えっ、私……?」

「ちょっと頼みたいことがあってさ。手伝って」

人懐《ひとなつ》っこく微笑まれた瞬間、びくっと体が震えた。美久はバッグを掴んで身を守るように体の前に構えた。この笑顔に騙されてはいけない。

ていうか、この人、私をさらっておいてどうしてこんなにフランクなの!?

「そんなビビんなくてへーきだよ、犯罪手伝えなんて言わないから。行こうぜ」

「行かないよ⁉ 手伝わないし！ その……わ、私も大学とかバイトとか、いろいろあって忙しいから……」

「そっか」

聖は肩を落とし、残念そうに小道の方へ歩き出した。

あれ……？ なんだ、話せばわかってくれるんだ。

意外に思いながら美久がほっと胸をなで下ろした時、聖が言った。

「じゃ、また明日」

「明日⁉」

「今日手伝わなくても、明日は手伝う気になってるかもしれないだろ。あ、それなら店の中で待っててもいいか」

「それはだめ！」

考えるより先に言葉がついて出た。一触即発の二人を近づけてはいけない。何かあれば悠貴も聖も平気で相手を傷つけるだろう。そんな状況を作るわけにはいかなかった。何よりも。

「……そんなことになったら悠貴君が」

傷つく。

聖が去ったあと、扉を睨む悠貴の表情は怒りに燃えていた。しかし、そこに不安の色が混じるのを美久は見落とさなかった。

理由は知らないが、悠貴と聖には確執《かくしつ》がある。そんな相手に自分の居場所や大切な家族のまわりをうろつかれては誰だって穏やかでいられない。

悠貴君はお店に……ううん、おうちと真紘さんに近づいてほしくないんだ。

もし聖が店や真紘を傷つけるようなことがあれば、悠貴は自分を責める。聖を店に近づけさせたことを悔い、一生消えない傷を抱えることになる。

「俺が二度とこの店に現れないって言ったら？」

聖が言った。美久が顔を上げると、聖は肩を竦めた。

「悠貴が怒るって言いたいんだろ？　俺だってわざわざ来たくねえよ。だから美久が手伝ってくれたら、もうここには来ない。どうだ？」

名案だろ、と言わんばかりに聖は無邪気に笑った。

「本当に？　約束してくれる？」

「もちろん」

この笑顔をどれほど信じていいものか。

罠《わな》かもしれない。頭の片隅で思ったが、どうしようもなかった。

用事があるのが私なら、これ以上お店に近づけさせられない。

「わかった、手伝う。だけど今言ったこと、絶対守って」

美久が念を押すと、聖はぱっと表情を明るくした。

「よし、決まり。じゃ、今から三時間半後に渋谷《しぶや》の緑の電車のとこな。ちょっと危ないけど、まあ、俺がいるから心配すんな。それから可愛い恰好して来いよ。デニムとかスーツとかダサいのナシ。浮いて恥ずかしい思いをしたきゃ、それでもいいけど」

言うだけ言うと聖は足取り軽く去っていった。遠ざかるその背中を眺めるうちに胸に不安が広がった。

本当にこれでよかったのかな、だけど他にどんな方法が……。

「あれ、小野寺さん?」

不意に背後から声が響いて美久は飛び上がりそうになった。

振り返ると、店の裏手から真紘が出てくるところだった。その視線が木陰に消えかけた人影に向くのを見て、美久はとっさに真紘の視界に割って入った。

「小野寺さん、今誰かと——」

「な、何でもないですっ！　それより真紘さん、申し訳ないんですけど、ちょっとお願いがありまして……」

急用ができたと真紘に切り出した瞬間、自然と覚悟が決まった。

これであとに引けなくなった。行くしかない。

2

午後一時前。美久は約束より十分早く待ち合わせ場所に到着した。

詳しい事情を説明できなかったが、真紘は二つ返事で了承してくれた。もともとエメラルドは月曜定休だ。前日が臨時休業の予定だったので振り替えで店を開けたが、月曜は定休日のイメージが強く客足が伸び悩むという。「平日だし、心配ないよ」と真紘は笑顔で請け合った。美久はランチの仕込みを済ませ、昼前に早退した。

それにしても、と美久は腕組みして頭をひねった。

聖君の手伝いってなんだろう？　それに可愛い服装って。

つい自分の服装を確認してしまう。甘すぎないネイビーのシフォンブラウスに、友だちが見立ててくれたスカートのようなシルエットのショートパンツを合わせ、靴はヒールのないぺたんこ靴を選んだ。ショルダーバッグは肩から斜めがけにしている。

この服装でいいのかわからないが、聖といると何に巻き込まれるかわからない。いつでも走って逃げる心構えが必要である。

問題はどこに行くか、だ。スーツがだめということは格式張った場所ではなさそうだが、その指定がますます美久の不安を煽《あお》る。日中なので危険な場所ではないだろうが……聖は前にドラッグ密売を取り仕切っていた。のちに模造品とわかったが、そういうことを平然とできる性格なのだ。通行人を襲ったり、ケンカを煽ったり、人を騙してさらったり――

や、やっぱり帰りたいかも……！

聖に連れ去られた時の恐怖が蘇り、美久は逃げ出したい衝動に駆られた。

聖は何をするかわからない。悪戯《いたずら》っぽい笑みで親切にしたかと思うと、その笑顔のまま人を傷つける。それが怖い。……だけど。

悠貴の表情が脳裏を過《よ》ぎり、美久は唇を結んでその場に踏みとどまった。

今自分が帰れば、聖は必ずまたエメラルドに現れる。昨日は何事もなかったが、次もそうとは限らない。

……あんな顔の悠貴君、もう見たくない。

誰のためでもなく、自分のために。自分の気持ちの所在がわかると、俄然勇気が湧《わ》いた。今日一日のことだ、頑張って乗り切ろう。

「早いな」

声が聞こえて顔を上げると、いつの間にか聖が目の前にいた。

今日もカジュアルな服装に無数のシルバーアクセサリーが光る。買い物をしてきたのか、手には有名雑貨店の青い紙袋を提げていた。

聖は美久の服装を眺めて、嬉しそうに笑った。

「じゃ、行くか」

アッシュブラウンの髪を弾ませて聖は歩き出した。ついて来て当然と思っているのか、振り返る様子もない。美久はしばらくあとに続いたが、意を決して聖の隣に並んで訊いた。

「今日はどこに行くの？　私は何を手伝うの？」

「ん？　そうだなー、とりあえずあそこ」

聖が通りに面した百貨店を顎で示した。そのショーウィンドウに大粒のダイヤモンドを連ねたネックレスや、重厚感あるプラチナのアクセサリーが展示されている。

「ジュエリーショップ？」

怪訝に思って確認すると、聖が悪戯っぽく微笑んだ。

その笑顔に、美久は胸騒ぎを覚えた。

「いらっしゃいませ」

ジュエリーショップに入ると、女性店員の柔らかな声が出迎えた。白とアイボリーを基調とした店内は、華美な装飾のない調度品で統一されている。洗練された内装と上品な佇《たたず》まいの店員。一流ブランドの支店とあって高級感が漂う。

美久は及び腰になりながら店内を進んだ。外から眺めることはあっても、こんな高級店に足を踏み入れたことはない。

宝飾品が照明の光を反射してショーケース一面が湖面のように輝いて見えた。アクセサリーの値札プレートはどれも目の飛び出るような数字だ。

落ち着かない気持ちになる美久と違い、聖は自分の庭でも歩くようにショーケースを眺めていた。しかし派手な風貌はお世辞にも高級店と馴染んでいるとは言えない。冷やかしの客と思われているだろう。

聖君って、こういうところで買い物しなさそうだし……買うくらいなら店員さん脅して持って行きそう――

何気なく思った瞬間、美久は雷に打たれたような衝撃を覚えた。

ま、まさか聖君……っ、本当に強盗を⁉　手伝いって泥棒⁉

そんなばかな、と思うが、相手は聖だ。普通の人なら間違ってもしないことでも、聖の過去の行いを考えれば十分あり得る。いきなり店員に襲いかかり、ショーケースをたたき割って高笑いしながら宝石片手に逃げるくらい朝飯前だ。

「なあ、これどう？」

「えっ⁉　な、何！」

美久が飛び上がって振り返ると、聖が「これ」とショーケース下のアクセサリーを指差した。美久はちらりと見て、こくこく頷いた。

「う、うん、かわいいね……！」

「そっか。──店員さん、これもらってく」

もらう⁉　笑顔で強奪していく聖の姿が鮮やかに脳裏を過ぎった。

嫌な想像を肯定するように、女性店員がショーケースの鍵を開けるのを見計らって聖がデニムの尻ポケットに手を伸ばした。その手の中できらりと何かが光った。薄い金属片に冷たい光が浮かぶ。

ひえええええ──っ！

美久が叫びそうになった時、その全体が顕《あら》わになった。

出てきたのは、紙幣《しへい》を留めたマネークリップだった。

聖が一万円札を数えて店員に手渡すのを見て、美久はへたり込みそうになった。

よ、よかった……っ、普通にお金払ってる！

ただの買い物なのに、なんと心臓に悪いのだろう。バクバクいう心臓を押さえ、美久は心の底からほっと息を吐いた。と、いきなり美久の頤に手が触れた。

「ひゃっ!?」

目線を上げると、聖が目の前にいた。反応の遅れた一瞬のうちに横を向かされる。

「な、ななな……っ!?」

「はい、そのまま」

正面に顔を戻そうとすると、顎に触れた指に止められた。

「なに、なん……」

「動くなって、怪しまれる」

怪しまれるの!? 何で、誰に!?

訊きたいが、そんな質問をしたらそれこそ怪しい。ひんやりとした聖の指が耳に触れ、美久は首を竦めそうになった。ウィスキーのような華やかな香水の香りを間近に感じる。目を瞑《つむ》って堪えると、やがて手が離れていった。

「似合うじゃん」

「……？」

　目を開けると、ショーケースに置かれた鏡に、左耳にアクセサリーをつけた自分が映っていた。

　ピアスやイヤリングではなく、耳にかけるイヤーカフのようだ。植物を象《かたど》った繊細なデザインのピンクゴールドが耳を縁取り、その下に細いチェーンで繋いだ三日月のチャームが揺れる。意匠《いしょう》を凝らしたチャームには無数の宝石がちりばめられ、きらきらと煌《きら》めいていた。

　美久はぽかんとして鏡を見つめ、はっと我に返った。

「だめだよ、受け取れない」

　イヤーカフを外そうとすると、すかさずその手を聖が取った。

「次行くか」

「えっ、ちょ、ちょっと聖君！」

　呼び止めたが聖は聞いていない。強引に美久の手を引いて、愉快そうにジュエリーショップをあとにした。

「待って、本当に受け取れない！　聖君ってば！」

歩きながらしつこく呼びかけると、聖が「えー」と不服そうに振り返った。

「じゃ、俺が買ったのを貸してやるってことで。帰る時に返せよ」

「でも」

「俺の隣を歩くんだ、このくらいいいだろ？」

堂々と言いのけ、人懐っこく笑う。

なんて強引な、と思ったが、これ以上の譲歩を引き出すのは難しそうだ。

「……わかった。それじゃあ、一日だけ借りるね」

美久が頷くと、聖は嬉しそうに目を細めた。

「じゃ、ついでにこれ持って。これも帰る時に返してくれりゃいいよ」

押しつけられたのは有名雑貨店の紙袋だ。目の覚めるようなライトブルーの袋に店名のロゴが配されている。大きさの割に軽いので持つのは構わないが、どのついでで「持て」と言われたのか謎である。しかし理由を訊くまもなく聖は歩き出していた。

それからも聖は一貫して自由気ままだった。ウィンドウショッピングを楽しみ、気になる店があればふらりと立ち寄り、遊びたくなればゲームセンターに飛び込む。目的地を訊いてもはぐらかすばかりで、真面目に答えない。そんな調子で一時間ほど町を歩くと、さすがに疲れを感じた。

聖君、何がしたいんだろう？　全然わからない……。

美久がとぼとぼと歩いていると、ふと甘い香りが鼻腔《びこう》をかすめた。あたりを見回すと、香りの出所《でどころ》はすぐにわかった。黄緑と白の日よけを張り出した店に、メイプルやキャラメルソースをまとったポップコーンがケースいっぱいに飾られている。

あっ、この前雑誌で見たお店。

日本初上陸したアメリカのポップコーン専門店だ。濃厚な風味とフレーバーの多さが人気だが、パッケージも可愛らしい。

雑誌に取り上げられる人気店で連日長蛇《ちょうだ》の列だ、と聞いていたが、今は平日の学校の終わっていない時間とあって、比較的すいている。

「何、ああいうの好きなの？」

気がつくと聖が美久の横に並び、ポップコーン店を眺めていた。

「おすすめ知ってるか？」

「ええと、キャラメル……たしか、アーモンドクラシックキャラメル」

「うっわ、名前からすでにうまそう。早く並ぼうぜ」

はしゃいだ様子の聖にせっつかれ、美久は列に並んだ。十数分ほどでカウンターに着き、二人でアーモンドクラシックキャラメルを注文する。

まもなく、筒状の洒落た紙カップから溢れんばかりのポップコーンが出てきた。

「わあ……！」

美久はカップを受け取って目を輝かせた。出来たてのポップコーンから、ふんわりと湯気が立っていた。甘い蒸気に乗ってキャラメルとバターの良い香りがする。一粒手にすると、コーティングされたフレーバーがつやつやと輝いた。

美久が食べようとすると、「あっ、待った！」と聖がポップコーンをつまんだ。

「せーの」

不意に言われ、思わず聖とタイミングを合わせて口に放り込んだ。

口の中いっぱいにバターとキャラメルの濃密な香りがした。ほろりとコーティングが崩れ、とろけるような甘みとほろ苦さが広がる。細かく砕いたアーモンドと、柔らかくもサクサクしたポップコーンの歯触りについ頰が緩む。

「何これ……すっげーうまい」

聖が驚愕《きようがく》した顔でカップを凝視した。衝撃的、と言わんばかりの表情に美久は小さく吹き出した。

「でしょ、私もずっと食べてみたかったんだ」

「美久マジすげえな、よくこんな店知ってるな」

「他にもおいしいお店がたくさんあるよ」

「じゃあ次はそこだな！」

　頷きかけ、美久ははっとして動きを止めた。

「つ、次はないから……」

　今日は聖の手伝いだ。エメラルドに来ないという約束のために一緒にいるだけ。美久が黙々とポップコーンを口に運ぶと、聖は「残念」とさほど落ち込んでいない声でポップコーンを頬張った。

　完食すると、再び目的地のわからない町歩きが始まった。しかし美久は先ほどより気持ちに余裕を持てた。大通りに戻って渋谷駅方面に進みながら、ひそかに思った。

　聖君が何を考えてるかわからないけど、危ないことはしないかも。

　最初は強盗や犯罪の片棒《かたぼう》を担がされるのかと警戒したが、危ないところへ行く様子はない。聖は困った性格ではあるが、それほど非常識ではないのだ。どのお店でもきちんと代金を払い、店員にもフレンドリーに接していた。

　ポップコーンを食べた時の聖の反応を思い出し、美久は微笑んだ。ゲームセンターやファストフード店ではしゃいだり、驚いたり。普通の人と変わらない。

　聖君だって普通の男の子だよね。

当たり前のことに今さら気づき、びくびくしていた自分がおかしく思える。

「あ、ここ、ここ」

その時、聖が嬉しそうに近くの店へ入った。

「えっ、着いたの？」

よかった、やっと着いたんだ。ここが目的地――

美久は表情を明るくしてその店を見て、ぎょっと足を止めた。

店の正面は全面ガラス張りで、手のひらほどの大きさの紙が整然と貼《は》られている。

あまりにたくさんの紙が貼られ、中を覗くことはできない。

「早く来いよ」

聖に呼ばれたが、足に根が生えたように動けなかった。

美久はぽかんと口を開けたまま、『不動産』と書かれた看板を見上げた。


「いかがです、なかなかでしょう？　日当たりも良いですし、収納スペースも十分ございます。駅より徒歩三分、渋谷駅からのアクセスの良さは感じていただけたかと」

三十分後。美久は渋谷駅から数駅離れたワンルームマンションで、愛想の良い不動産会社の男から話を聞いていた。

建物は築十二年の七階建て。案内された物件は五階の一室で、入り口を入ってすぐ左手にコンロ、その向かいにはユニットバスがある。部屋が広く見えるのは家具がないせいだろう。張り替えたばかりのフローリングが艶《つや》やかな光を浮かべている。

「うーん、さっき見た物件よりいいけど、広さがなあ」

聖は首を傾げ、不動産の男を見た。

「隣は空き家？　あっちの方が広そうだし日当たりいいだろ、見せてよ」

「申し訳ございません、あちらはちょっと……」

「だめなの？」

「ええ、あちらの部屋はパチンコ店の真向かいになりますし、この部屋の方が景観がよろしいですよ。こちらの部屋も多少パチンコ店の影響がございますが、防音をしっかりしているので騒音の心配はございません」

不動産の男の言う通り、窓の外には大きなパチンコ店があった。『パチンコ・レッド』と書かれたLEDの巨大パネルが五階とほぼ同じ高さなので、店名を表したようなギラギラした赤い光線がこの部屋からも見える。

「毒々しいなー」

聖が苦笑いすると、すかさず男が言った。

「遮光《しゃこう》カーテンをご用意いただければ気になりませんよ。むしろパチンコ店のおかげで夜道が明るくて良い、というお声をいただくくらいでして。この物件は単身者が多く、お帰りが七時以降の方がほとんどなんです。夜の帰宅では道が明るい方が安心しますでしょう。女性は特に気にされますからね、そうでしょう？」

水を向けられ、美久は微笑んだ。微笑んだが、顔が引き攣《つ》っていない自信はない。

「美久はこの部屋嫌いか？」

怪訝な顔で聖に訊かれ、美久の笑顔はますます引き攣った。

「き、嫌いとか、そういう問題じゃなくて……」

なんで物件探ししてるの⁉

今すぐそう叫びたかった。ここへ来る途中、聖に小声で引っ越しの予定があるのか尋ねたのだが、「全然？」と平然と返された。引っ越す予定もないのになぜ物件を探すのか、まったく理解できない。その上、事情を知らない不動産会社の男が契約を取りつけようと熱心に説明してくる。まさかこの場で聖を問いただすわけにもいかず、美久は愛想笑いを浮かべることしかできなかった。

すると、聖が得心《とくしん》した顔で目を細めた。

「ははー、わかった。二人で住むには狭いって思ってんだろ」

「はいっ⁉」

「俺はいいよ？　狭くても美久とならば楽しそうだし」

「住まないよ⁉」

強く否定すると、聖は肩を揺らして笑った。その態度でからかわれたとわかる。

うう、遊ばれてる……！

注意しているつもりが、気づけばすっかり聖のペースだ。どんな角度から何を言われるか想像がつかず、後手にまわってばかりだ。

その時、美久のスマートフォンが鳴った。着信音で電話だとわかり、美久は天の助けのように感じた。これ以上聖にからかわれてはたまらない。

これ幸いとバッグからスマートフォンを取り、いそいそと電話に出た。

「もしもし」

電話の相手を確認せず声をかけると、耳に馴染んだ声が返ってきた。

「今どこにいる？」

えっ、悠貴君⁉

美久は目を白黒させた。名乗りもせず用件を訊く態度からして間違いないが、悠貴が電話をしてくるとは珍しい。

部屋の隅に移動して潜めた声で尋ねた。

「ど、どうしたの、悠貴君が電話って珍しいね」

「……いいから、お前は今どこで何してるんだ」

美久は返事に窮した。まさか聖と一緒とは言えない。

「ええと、きょ、今日は大学で」

お茶を濁そうとした時、不動産の男の熱のこもった声が響いた。

「敷金などの初期費用を考えると、断然こちらのマンション・ポパイですね！　今月中に契約いただければ現金還元キャンペーンの対象になりますし！」

その声が電話にも入ったらしい。悠貴の声が冷たくなった。

「大学じゃないだろ」

「えっ!?　だから、それはその……と、友だち、大学の友だち！　そうそう友だちの引っ越しの手伝いをしてるの！　だから忙しくて、ああもう大変、じゃあね！」

美久はスマートフォンに声をねじ込んで終了ボタンを押した。通話終了の画面を見ながら、ほっと息を吐く。

危なかった……！　悠貴君、すごいタイミングで電話してくるんだから。

美久が後ろを窺うと、聖は不動産の男と話し込んでいた。電話の相手が誰か、気づかれずにすんだようだ。

それにしても聖君、本当に何考えてるんだろう……。部屋を借りる気もないのに、こんなことして。

「へー、隣とその隣も空き部屋なんだ。じゃあこの階は人の出入りが特に少ないってわけだ。パチンコ店が閉まると人通り自体も減るんだろ？　ふうん、駅に近いのにエアポケットみたいだな」

聖がニヤニヤと小狡《こずる》い顔をするのを見て、美久は背筋がぞくっとした。

ま、まさか。

以前、聖はドラッグの模造品をさばいていた。その時拠点に使っていたのは改装中のクラブだ。人が立ち入らないのをいいことに備品や設備を勝手に使っていた。

ひょっとして……あのクラブの改装が終わって、拠点として使えなくなった？

それで新しい根城を探してる？　だから借りる気もないのに案内させてる……？

じゃあ私を連れてきたのは怪しまれないためのカモフラージュで、今日の手伝いってそういうこと⁉

本当に何考えてるの聖君――――！

頭の中で疑問と不安が渦巻いて、美久は頭がくらくらしてきた。

数十分後、駅前のカフェで美久はぐったりとソファに沈み込んだ。

すごく疲れた……。

夕方四時過ぎ。聖と会って三時間ほどしか過ぎていないのに、エメラルドで丸一日働き詰めになった日よりずっと疲労感がある。

慣れないイヤーカフをつけているせいか左耳が重いのも気になった。外したいが、一日だけと頼まれた手前、取るのも悪い気がした。

聖はといえば、特大のパフェと分厚いホットケーキを頬張っていた。疲れを微塵も感じさせない幸せそうな表情に、美久は恨めしくなった。

「聖君、結局手伝いって何だったの？」

「ん、何が？」

「町をふらふらして、お店に入ったりゲームセンターに行ったり……。そろそろ本当のこと教えて、私驚かないから。ジュエリーショップに入った時すごく焦ったんだよ、聖君強盗するのかと思ったし、それに物件探し！　さっき部屋を見せてもらったのは新しい拠点を探すため？　聖君また悪いこと――」

「待った待った！」

聖はパフェスプーンを持ったまま、目を丸くして美久を見つめた。

「ひっでー！　俺のこと何だと思ってんだよ、そんなことしねえよ！」

「ち、違うの？」

「違うに決まってんだろ！」

「じゃあ今までの行動は⁉」

「デート」

「……え？」

「だから、デートだろ」

美久はぽかんとして聖を見つめた。じわじわと言葉が染みて、遅れて理解がやってくる。理解した瞬間、かあっと頭に血が上った。

「私、帰る！」

怒りと恥ずかしさに声が震えた。

エメラルドに来ないという約束を取りつけてまで自分を連れ出したのだ。面倒なことに巻き込まれるかもしれないと覚悟した。聖が用件を言わないのはまた危ないことを企《たくら》んでいるからだ、と。それが、デート。

ばかみたい……！

ずっとからかわれていたのだ。そんなことにも気づかないですっかり聖のペースに乗せられて。聖は初めからまともに取り合う気などなかったのだ。約束も形ばかりで守る気もない。それを一人で気を揉んで、不安になったり、ほっとしたり。

美久は青い紙袋を置いてバッグと伝票を手に立ち上がった。

「待てよ、メインイベントがまだなんだけど」

まだからかうの⁉　聖の無邪気な声に、たまらなく悔しくなる。

「なあ、美久。待てって」

「聖君は！」

振り向きざまに叫んだ時、「あの」と遠慮がちな声が響いた。聞き落としそうなほど小さな声だったが、あとに続いた言葉が美久の意識に刺さった。

「あなたが『エメラルドの探偵』さん？」

――エメラルドの探偵。

美久が振り返ると、通路に青ざめた顔の青年が立っていた。

3

栗林陽太《くりばやしはるた》、大学二年生。美久と聖の向かいに座った青年はそう名乗った。

短く刈った髪に、がっしりした体つき。日焼けした肌は健康的で潑剌として見えそうなものの、憔悴《しょうすい》しきった表情がそれを打ち消していた。聖より上背があるようだが、実際より小柄で影の薄い印象を受ける。心身共に弱っている様子だが、美久を見つめるその目だけは救いを見出したように輝いていた。

「実在、したんですね」

陽太が嚙みしめるように呟いた。

「俺、ずっとあなたのこと探してたんです。けど『エメラルドの探偵』って都市伝説で、どこを探したらいいかわからなくて。もうだめだって思った時、セイさんに会ったんです。紹介してくれるって言われた時は半信半疑だったけど……他に頼れる人いなくて。セイさんのおかげです。本当によかった、俺……」

声が震え、途切れた。

陽太の目にうっすら涙が滲んでいるのを見て、美久は胸を衝かれた。同年代の男の子がこんなふうに感情を見せたことはない。それも初対面の自分に。どれほど切迫した状況でエメラルドの探偵を探していたのか伝わってくるようで胸を締めつけられる。美久はそっと聖に視線を向けた。

「聖君、疑ってごめん」

手伝ってほしい、とはこのことだったのだ。

聖は、気にしてない、と言うように肩を竦めた。

「俺も昨日の夜初めてハルタに会ったんだよ。頼れるのはもうエメラルドの探偵だけだって思い詰めててさ。俺と悠貴はあんな感じだから、関わるとこじれるだろ。あいつが前に美久を助手って呼んだのを思い出して、それなら美久に頼もうって思ったんだ。まあ、俺としては美久ともっと仲良くなるのが目的だけどな」

悪戯っぽく笑う聖は相変わらずどこまで本気かわからない。しかしその判断は正しい。エメラルドの探偵は悠貴だが、聖が陽太を店に連れていけば、依頼どころではなかっただろう。だから聖は美久を呼び出し、仲介させようとしたのだ。

美久は視線を陽太に戻した。

「契約の話もあるので一緒に吉祥寺へ来てもらえますか？　詳しい話はお店で——」

「そんな時間ない！」

陽太が声を荒らげた。何事かと周囲の客の視線が集まるが、陽太は気づかずにまくし立てた。

「そんなのんきなこと言ってる場合じゃないんです！　金ならいくらでも払う、一生かかったって絶対払うから……！　お願いです、力になってください！」

必死の形相《ぎょうそう》に美久は気圧《けお》された。同時に、一刻も早く悠貴の元へ早く連れていかなくては、と思った。話を聞くことしかできない自分では力不足だ。

そう思ったが、聖の考えは違った。

「聞いてやれよ。ハルタからしたら美久がエメラルドの探偵なんだ。今保留かけたらハルタが不安で潰れる」

その言葉に美久は頬を打たれたような衝撃を覚えた。

陽太は追い詰められている。もう心がギリギリの状態なのだ。一分一秒を争うと不安に襲われている人に、こちらの事情を説明して待てと言ってどうなるだろう。

――もし、悠貴君だったら。

美久の脳裏に、凛《りん》とした悠貴の横顔が浮かんだ。依頼人と接する時、悠貴が何を思い、何を大切にしていたか。ずっとそばで見てきた。

悠貴君なら、きっと私がここで依頼を訊かなかったことを怒る。

口が悪くて、優しい言葉などめったにかけないが、悠貴はいつだって依頼人を想っている。助けを求めて来た依頼人の手を振りほどいたことなど一度としてない。それなら悠貴に代わって今できることは、依頼人の不安を取り除くことだ。

「わかりました。栗林さん、何があったか話してもらえますか？」

美久がきちんと向き合うと、陽太は気が抜けたように椅子に沈み込んだ。

その視線が不安げに揺れた。話すことへの抵抗ではない。事件を振り返ることへの恐怖だ——そうわかったのは、不可解で不気味な事件の全容を聞いたあとのことだ。

陽太が口を開いた。

「この前の金曜です。俺、宅配便のバイトしてて」

配送担当で、ドライバーと二人で組んで荷物を届けていたという。そして金曜日の昼下がり、陽太はあるマンションを訪れた。

「少し大きめの荷物をカワナさんってうちに届けに行ったんです。そしたら玄関のところに俺と同い年くらいの女の子がいて、『それ、カワナミサキ宛《あ》てですか？』って訊かれて。伝票と同じ名前で、彼女がそのカワナさんだったんですけど。彼女、部屋の鍵をなくして困ってました。今さっき鍵屋を呼んだから、夜に再配送してもらえないかって頼まれて」

陽太は快く引き受けた。その際、インターホンが壊れているからドアを開けて呼んでほしい、とのことだった。そして夜八時、陽太は再配送へマンションに戻った。

玄関をノックしたが返事はなく、声をかけながらドアを開けたという。

「チェーンがかかってると思ったんです。女の人の一人暮らしって危ないから、そういう人多いし。けど普通にドアが開いて、変だなって思ったら……彼女が倒れてました。背中に、ナイフが刺さってた」

「え……」

驚きのあまり美久は言葉に詰まった。陽太が強張った面持ちで話を続けた。

「血の中に倒れてました。顔がこっちを向いてて、目を開けたまま、口から血を吐いてて。気づいたら俺、部屋を飛び出してマンションの外にいました。スマホから警察に電話して、人が死んでるって話したんです。そしたら俺の様子がおかしいのにドライバーの北留《きたどめ》さんが気づいてくれて」

取り乱しながら目撃した光景を話すと、同僚は陽太を叱りつけた。

「まだ生きてるかもしれないだろって北留さんにめちゃくちゃ怒られて。二人で部屋に戻ったんです。部屋を離れたのは五分くらいだと思います。ドアは開いたままでした。荷物も俺が放り出したままで……正直、戻りたくなかった。だって」

生きているはずない。

陽太は擦れた声でそう呟いた。焦点の合ってない目と無表情の顔から命は感じられなかった。血だまりの中で冷たくなった姿を見れば十分だろう。だが奇跡的に息があるかもしれない。その可能性を捨てきれず、陽太は部屋に戻った。

無事を祈る気持ちと、再び死体を目《ま》の当たりにする恐怖に震えながら玄関を入る。

そして、予想だにしない光景を目撃した。

「——ないんです」

陽太はどこか遠くを見るような眼差しで、呆然と呟いた。

「え？」

「彼女の遺体が。彼女だけじゃない、床の血も、家具も、その部屋は何もない空き家だったんです」

「ど、どういうことですか……？」

美久が尋ねても陽太は弱々しく頭を振るだけだった。

同僚にも同じ質問をぶつけられたが、陽太は答えられなかった。同僚は怒った。人が血を流して倒れていると騒ぎ、空き家を見せられては当然の反応だ。そうする間にも陽太の呼んだ警察や救急車のサイレンの音が押し寄せてきていた……。

「警察に事情を説明したけど、信じてもらえなくて。それでも調べてくれたんです。だけど次の日警察に呼ばれて行ったら、部屋に異常はなかったって言われました。血だまりどころか、血の染み一つも。どうしてこんな嘘を吐くんだって問い詰められました。悪質な悪戯をして、どういうつもりなんだって」

「だけど、栗林さん見たんですよね？」

陽太の瞳が自信なさげに揺れた。美久は言葉を重ねた。

「荷物を届けに行って目撃したんですよね。警察はちゃんと荷物を調べてくれたんですか？　少なくともカワナさんって女性はいたはずだし」

「……カワナミサキじゃなかった」

「？」

「荷物は部屋の前に落ちてました。でも、伝票に書かれてたのは川なんとかっていう男の名前で、部屋の番号も全然違ったんです」

「どういうことですか……!?」

わけがわからず美久は同じ言葉を繰り返してしまった。しかし美久以上に陽太は混乱していた。「わかりません」と唇を引き結ぶと、苦しそうに顔を歪めた。

「マンションのポストを全部確認したけど、カワナなんて人いないんです。ハンディターミナルで荷物のデータを探しても記録がなくて。データは本部で管理してるから勝手に書いたり消したりできません。それって初めからそんな荷物なかったってことです。俺もう、何がなんだか……！」

美久は言葉を失った。

たまたま訪れた配達先。その家人の女性が何者かに襲われ、血だまりに倒れていた。ところが部屋に戻ると女性と大量の血痕《けっこん》が消えた。

これだけでも謎めいているのに、今度はその女性が存在しないことが判明する――まるで怪談か悪い夢でも見ているような話だ。だが、話はそこで終わらない。

本当の悪夢はここからだった。

陽太は血の気の失せた顔で、震える両手を握りしめた。

「昨日、警察から帰る途中で電話があったんです。公衆電話からでした。電話に出たら、いきなり相手が言ったんです。『女の死体を探せ』って」

「えっ……!?」

「ボイスチェンジャーか何かで声を変えてて、悪戯だって思いました。俺が死体を見たって騒いだのを大学の誰かがかぎつけて、からかってるんだろうって。『お前が見た死体を探せ』とか『女の死体を見つけろ』だの言うから、頭に来て通話を切ろうとしたんです。そしたら」

陽太はぎりっと奥歯を噛みしめた。

「電話の向こうから妹の声がした」

録音だったという。しかしそれは間違いなく六つ下の妹の声で、友だちと楽しそうに話しながら歩く音声が記録されていた。

美久は恐ろしさに口元に手をやった。もし、知らない人物からおかしな電話があり、その電話越しに家族の声が聞こえたら。録音だろうと同じことだ。得体の知れない何者かは、自分だけでなく家族の所在を知っている。

想像するだけで胸が悪くなった。すでに陽太から事情を訊いているはずの聖も不愉快そうに眉間《みけん》に皺《しわ》を刻んだ。

「『安心しろ、でも勘違いするな。こっちはいつでも手出しできる場所にいる』……あいつ、そう言いやがった」

陽太の声が怒りに震えた。しかし電話の向こうにいる相手に何ができるだろう。それも正体もわからない相手では。

「何のつもりか問い詰めました。でもあの男は同じことを繰り返したんです。『女の死体を探せ』って」

陽太は息を吸うと、一言一句《いちごんいっく》正確に脅迫犯《きょうはくはん》の言葉を繰り返した。

「頼みをきいてくれれば、何も起こらない。女の死体を見つけ出せ。一週間時間をやる。来週金曜日の二十四時までに死体を見つけろ。警察に行こうと思うな、理由はわかるな？　まあ、狼《おおかみ》少年の言うことを信じる者がいるとは思えないが」

死体を探せ——常軌《じょうき》を逸した要求だが、相手は本気なのだ。本気で消えた死体を探させるために目撃者の陽太を脅し、見つけさせようとしている。

「何が起こっているのか全然わからないけど、やるしかない……。でも、こんな状況でどうやって消えた死体を探せばいい？　手がかりはない、証拠もない、俺だって自分が見たものが本当かわからなくなってたのに……」

陽太が悔しそうに唇を噛んだ。

陽太にできることはあまりに少なかった。マンションの管理人に部屋を調べさせてくれと頼んだが、管理人はまた問題を起こす気かと怒鳴りつけ、陽太に水を被《かぶ》せて追い払った。警察を頼ろうにも、警察は陽太が嘘の通報をしたと思っている。その陽太が「脅迫を受けた」と公衆電話からの着信を根拠に訴えたところで、信じてもらえるはずがなかった。調べようにも手がかりがなく、寄る辺もない。

いつしか陽太は『エメラルドの探偵』のことを考えていた。しかし都市伝説のような噂だけではどこへ行けばいいかもわからず、町をさまよったという。

「で、昨日の深夜俺と会ったんだ」

聖がパフェを頬張りながら言った。

「ハルタが今にも死にそうな顔して町をふらついてたから、俺から声をかけたんだよ。話を聞いたらこの通り、謎だろ？」

陽太が美久の方へ身を乗り出した。

「お願いです、あと四日しかないんです、助けてください……！」

美久はすぐに返事ができなかった。事態は切迫している。悠貴をこちらに呼んですぐにも調査に移るべきだ。だが、事件が起きたのは三日も前だ。死体は消え、血痕もなく、配達で運んだ荷物も消失し、鍵を握るカワナミサキという女性もいない。そんな「ない」ずくめの事件をどうやって調べればいいのか――

「じゃ、現場検証行くか」

不意に聖が言った。パフェスプーンをグラスに放り、唇の端についたクリームを親指で雑に拭《ぬぐ》う。

「百聞《ひゃくぶん》は一見《いっけん》にしかずってヤツだな。自分で見た方が早いだろ」

「でも聖君」

その前に悠貴君を呼ばないと、と美久が小声で付け足すと、聖は笑った。

「あいつがいなくても、美久の知恵と俺のプランがはまれば解決したも同然だろ」

「えっ……？」

「任せろよ、俺と一緒に謎を解こうぜ」

驚く美久に聖は自信たっぷりに笑った。

4

五時半を過ぎると、日はとっぷり暮れていた。町は夜の気配に包まれ、コンビニやチェーン店の光が煌々《こうこう》とあたりを照らしている。パチンコ店のけばけばしい赤いネオンと騒音をくぐり抜けながら、美久は隣を歩く聖の顔をこっそり窺った。

聖君はどういうつもりなんだろう？

今日何度も感じた疑問がまた違う形で湧き上がった。

聖は、陽太をエメラルドの探偵に引き合わせるために美久を呼んだと言ったが、先ほどの口ぶりからして、これから自分で事件の調査をする気のようだ。

栗林さんと悠貴君を会わせないつもりかな？　だけど、だったら私を呼ぶはずないし……まさか、わざと変な調査でエメラルドの探偵の評判を落とそうとしてる？

それなら名を騙《かた》るだけで自分を呼ぶ必要がないと気づき、美久はますます混乱した。だがこれまで聖が見せた悠貴への激しい憎悪を思うと、悠貴に対して何の感情もなく取った行動とは考えられなかった。

美久は思い切って直球で訊いた。

「聖君は悠貴君のことどう思ってるの？」

聖は横目で美久を見ただけだった。答えないかと思った時、一言だけ言った。

「ラスティネイル」

美久は目を瞬いた。ラスティネイル？

「錆《さ》びた釘《くぎ》……？」

日本語に直して聞き直すと、聖の口の端に薄く笑みが広がった。その通りだと言うように。どういう意味か訊こうとした時、先を歩いていた陽太が振り返った。

「あの建物です」

陽太が通りの先のマンションを指差した。駅から通り一本違うだけで、あたりからひと気がなくなっていた。住宅地と商業地の狭間《はざま》といった雰囲気で、空きテナントと住宅が混在している。

陽太に続いて問題のマンションへ入ろうとした時、ふと美久は既視感《きしかん》を覚えた。

今まで暗くてわからなかったが、どうにもエントランスに見覚えがある。入り口のマンション名が刻まれたプレートを見て、美久は目を丸くした。

「あっ、ここ……！」

マンション・ポパイ——不動産会社の男に連れて来られたあのマンションだ。

「行こうぜ」

聖がにやりとして、中へ入るように促した。美久は狐《きつね》につままれたような気持ちで聖と陽太に続いた。

「夜じゃないと本当に住人が帰らないんだな」

聖の視線は壁のステンレス製ポストに向いていた。どのポストにもポスティングのチラシが挿《さ》してある。

「大きな駅にアクセスしやすい駅って、だいたいこんな感じですよ。宅配便でも土日とか夜に指定する人が圧倒的に多いし」

陽太が言った。世間話をしながらエレベーターに乗り込んだが、ドアが閉まると自然と会話が途切れた。これから向かう場所のことを思うと、緊張が高まる。

目的の階に着いた時、美久も陽太も硬い表情になっていた。

点々と灯《とも》された照明が長い廊下を白く浮かび上がらせている。最初に陽太が降り、聖と美久が続いた。いくつか部屋を通り過ぎたところで陽太が足を止めた。

「ここです」

硬い声が廊下に染みた。

日中、美久たちが不動産店の男に案内された部屋の隣だ。表札は五〇五とあるだけで、氏名は白く塗りつぶされている。

「鍵がかかってて入れません。管理人に頼んだけど、取り合ってもらえなくて。ここに手がかりがあるかもしれないのに……」

悔しそうに陽太がうつむいた時、聖がポケットから鍵を出した。まるで自宅へ帰ってきたような滑らかな動作で鍵を挿すと、シリンダーがカタン、と音を立てた。

陽太が驚きに目を見張った。

「開いた……！　セイさん、それどこで!?」

「マスターキーだよ。不動産会社に美久と隣の部屋を見せてもらったんだ。その時案内してくれた奴からちょっとな」

こっそり借りた、ということらしい。

聖君、いつの間に……。

抜け目ないというのか手が早いというのか。油断も隙もあったものではない。

「これも美久のおかげだな」

聖がにやりと笑って片目を瞑った。その仕草に気づかず、陽太はすっかり感心した様子で美久を見た。

「さすがエメラルドの探偵」

「えっ⁉ 違うよ、これは聖君が」

「話はあと。さっさと入ろうぜ」

聖がドアを開けると、ぬるい空気が頬を撫でた。室内のこもった匂いが微かに鼻を刺激する。美久が後ろ手にドアを閉めると、部屋は薄闇《うすやみ》に包まれた。町の喧噪《けんそう》が遠くなり、外界と切り離されたような錯覚を覚える。

「電気来てねえな」

聖の声とカチカチとスイッチを切り替える音がした。照明スイッチを手当たり次第に触っているようだ。目が慣れてくると、部屋の様子がわかるようになった。

間取りは日中見学した部屋を左右反転にしたようだ。玄関を入って右手にコンロ、左手にユニットバス、正面にはフローリングの洋間とベランダがある。カーテンのない窓から、向かいのパチンコ店のネオンが煌々と差していた。

美久は靴を脱いで部屋に上がった。

照明がつかないとなると、手がかりを探すのも一苦労だ。時間はかかるがスマートフォンのライトで隅から照らして調べるしかない。そんなことを考えながらバッグにしまったスマートフォンを取ろうとした時、聖がつまらなそうに息を吐いた。

「なんだ、やっぱこういうことか。謎でも何でもなかったな」

「えっ!?」

驚いて美久と陽太が聖を見ると、聖は投げやりに答えた。

「ここに死体なんてなかった。それだけだよ」

突然の、陽太の話を全否定する発言だった。

啞然とする美久たちに構わず聖は話を続けた。

「警察が調べて、死体どころか血痕一つ見つからなかったんだろ？　じゃあ簡単だ。ここには死体も血もなかったってことだ」

「ちょ、ちょっと待ってくれ……俺は本当に見たんだ！　ここに血だまりがあって、真《ま》っ赤《か》な血の中に女の子が倒れてた！　背中にナイフが刺さってて、カーディガンが黒っぽく濡れてて……彼女、口から血を吐いてたし、目も開いたままで」

聖は失笑した。

「ハルタがここを飛び出して戻って来るまで、長く見積もっても十分ないだろ？　そんな短期間で血をきれいに拭き取って死体を運び出すなんて無理」

陽太はショックを受けた顔で聖を見た。

「セイさん、俺を疑ってるのか……!?」

「じゃあ他に何を見たんだ？　部屋にいたのは本当に女だけか？　玄関に靴は何足あった？　テーブルやタンスはどんな形だ、カーテンの色は」

「知るかよそんなこと！　背中にナイフが刺さった人が倒れてたんだぞ!?　あんな状況でそこまで気がまわるもんか、暗くてろくに見えないし！」

「そういうこと」

ニッ、と聖が口の端を吊り上げた。

「ハルタに部屋の様子が見えるわけないんだよ。この部屋、電気が通ってないんだからな。真っ赤な血なんて見えるはずがない」

陽太がはっとした顔つきになった。

再配送で陽太がここを訪れたのは、午後八時。部屋は今と同じように暗かったはずだ。では、陽太はなぜ真っ赤な血を見たと思ったのか。

照明はつかないのに、今も部屋は仄明《ほの》るい。なぜ玄関を閉めても真っ暗にならないのか――

光源に引き寄せられるように美久たちの視線がベランダの外へ向いた。

真向かいに『パチンコ・レッド』と書かれた大きなＬＥＤパネルが見える。その店名にふさわしい人工的な赤の光が、窓から部屋に差していた。

「ハルタは思い込まされたんだ。服は血に見えるように最初から色をつけてたんだろうけど、床の血だまりはたぶん水だな。ネオンが水に映って赤く見えたんだよ。水なら拭けば何も痕跡は残らないだろ」

美久は不動産会社の男の言葉を思い出していた。

――あちらの部屋はパチンコ店の真向かいになりますので。

そう言って、男はこの部屋よりも案内した物件を勧めた。防音がしっかりしているので騒音の心配はない、遮光カーテンがあれば光は気にならないだろう、と。

聖君、あの話を聞いた時からこの風景を予想してたんだ……！

美久の考えを肯定するように、聖は落ち着いた声音《こわね》で話を続けた。

「背中に刃物が刺さった女が赤い水の中に倒れてる。知り合いでも何でもない他人が死んでるように見えた。そんな事件現場、まともな神経の奴なら部屋に踏み込まねえよ。うっかり真犯人の痕跡を消したり、自分が犯人扱いされたらたまらないからな。

死体の女はそこまで見越してたんだろ」

陽太は驚き、信じられない様子で言った。

「でも、彼女は目を開けたまま……」

「瞬《まばた》きしないか、ずっと見てたか？」

「それは……いや、だけど」

「じゃ、ヒント。背中を刺されたって吐血しない」

「……？」

「ドラマとかで刺された奴がすぐ口から血を吐くだろ？　あれ演出だから。画面が派手になるし、大ダメージって視聴者にわかりやすく伝わるだろ。現実に血を吐くとしたら、食道、胃、呼吸器官が傷ついた時くらいだ。血が溜《た》まって吐血や喀血《かっけつ》するにも時間がかかる。背中を刺された女が口から血を吐いてる時点で不自然なんだよ。ナイフが刺さったままなら出血も抑えられたはずなのに、服が血まみれで床も血の海とか、状況がちぐはぐだ」

物騒な解説をして、聖はさらに物騒な解説を重ねた。

「女がめった刺しにされてたなら話はわかるけど、それもないな。短時間で床の血を拭き取れたとしても、表面的なものだ。床の隙間《すきま》やへこみに血が残るし、ルミノール反応が出れば一発だ。痕跡は簡単に消せない。そんなの警察が見落とすわけないんだよ。その警察が調べて見つからなかったってことは、この部屋には血はなかったってことだ。だから断言できる」

言葉を切ると、聖は不敵に笑った。

「この部屋に死体はなかった」

美久は驚きに目を見張った。聖君って……すごい、かも。

今まで自由気ままに振る舞い、遊んでいるようにしか見えなかった。ところが、わずかな手がかりから、まるで悠貴のようにあっさり謎を解いてしまった。そんな才覚があったのかと驚かされる。

「つーことで、ハルタが見た〈女の死体〉、そいつ確実に生きてるよ。大方、ハルタがいなくなったあとに床の水を拭き取って、歩いて部屋から出たんだろ。これで死体と大量の血痕がきれいさっぱり消える。逃げるのに数分とかけず、痕跡も残さずにな」

陽太は呆然と立ち尽くし、やがて気が抜けたようにその場に膝をついた。

「何だ、あの人生きてるのか……！　よかった……！」

騙されたのに女性の無事を心から喜ぶところに陽太の人の良さが窺える。

陽太は安堵の息を漏らすと、はっとした様子で聖を見た。

「でも彼女はどうしてそんなことを。それに今どこに？」

「さあ？」

他人事《ひとごと》のような軽い返事に、陽太はぽかんとした顔になった。その顔にじわじわと焦りの色が浮かび、陽太は青ざめた。

「まずい……電話の男は〈女の死体〉を探せって言ったんだ、生きてるって言っても信じない。証拠がないとだめだ、やっぱり彼女を見つけないと、早くしないと妹が」

陽太は言葉を呑み込んだ。それ以上口にしたら嫌な想像が現実のものになる気がしたのかもしれない。

女の死体を探せ。陽太をそう脅迫した謎の人物は、女性の生存を伝えたところで満足しないだろう。死者から生者とわかっただけで、陽太の置かれた状況は変わっていない。手がかりが何一つない最悪な現実は変わりはしないのだ。

だが、決定的に違うことがある。

「生きてるなら、きっと新しい手がかりを見つけられる」

美久は確信を込めて言った。女性は幽霊ではないのだ、必ず手がかりがある。

「歩いてマンションを出たなら、誰か見てるかもしれないですよね。お店や通行してる人に訊けば何かわかるかも。栗林さん、死体の女性の顔をしっかり覚えてますか？

彼女を見たのは栗林さんだけです、栗林さんの記憶が頼りなんです！」

陽太はしばらく美久を見つめ、ふっと表情を和らげた。

「そうですね、小野寺さんの言う通りだ」

できることがある。深い霧の中をさまようような状況だが、自分の足で歩き、道を探すことはできる。

「行きましょう、時間が惜しい」

不安げだった陽太の目に強い光が浮かんだ。

そうと決まれば、のんびりしていられない。事件からすでに三日。女性を見かけたことを覚えている人を、なんとしても見つけなければ。

5

美久は靴をつっかけて五〇五号室を出た。あとから来る陽太の邪魔にならないよう廊下で靴を履こうとすると、聖が美久の手からライトブルーの紙袋を取った。

「あ、ありがとう」

「どーいたしまして」

意外な気配りに少し驚きながら、自由になった手で靴のかかとを引く。靴を履いたところで、陽太が出てきた。美久は部屋の鍵をかける聖に小声で言った。

「聖君すごいね。あっという間に謎を解いて。物件を案内してもらったのもこのためだったんだね」

「まあな。あのくらいの謎、俺たちなら楽勝だと思ったんだ。こんなデートプラン、めったにないだろ？」

もっと褒めろ、と言わんばかりの得意顔に美久は小さく吹き出した。謎解きをする姿は悠貴のようだと思ったが、こういう時の反応はまるで似ていない。

その時、廊下に足音が響いた。

エレベーターと反対側から男が二人こちらへ向かってくる。痩《や》せた男とがっしりした体軀《たいく》の壮年の男だ。会社員のような風体《ふうてい》だが、眼差しが異様に鋭い。

二人の視線が自分たちに向いていることに気づき、美久は少し落ち着かない気持ちになった。並びの部屋に住む会社員というより、まるで美久たちが部屋から出てくるのを待ち構えていたようだ。と、壮年の男と目が合った。

男は美久に視線を固めたまま、すぐそばで足を止めた。

「一緒に来てもらおうか」

有無を言わせない調子に不穏なものを感じた。

この人は誰？　どうして？　疑問に思うが、威圧的な視線を前に声が出ない。思わず足が後ろに下がると、壮年の男が美久を捕まえようとした。

腕を摑まれそうになった瞬間、別の手が男の手首を押さえた。

「どこの人？」

軽い調子で言いながら、聖が美久と男の間に割って入った。

「邪魔だ」

男が低く言った。並みの人では男の眼光だけで震え上がるだろうが、聖はまるで動じなかった。

「名乗るのが先じゃねえの」

聖の目に好戦的な光が浮かんだ。その顔はこの状況を楽しんでいるようにも見える。

壮年の男が瘦せた男と視線を交わした一瞬、聖が素早く美久に囁いた。

「ハルタを連れて建物から出ろ」

「でも」

「美久は探偵だろ」

その言葉に美久ははっとした。

そうだ、私がしっかりしないと……！

二人組はこの部屋を見張っていた。狙われているのは陽太だ。相手が何者かわからないが、第一に守るべきは依頼人の陽太だ。

迷いがなかったわけではない。だがぐずぐず考えている暇もなかった。

美久は陽太の腕を取って駆け出した。

「誰か呼んでくる！」

「小野寺さん⁉　待った、セイさんが！」

泡を食う陽太に「いいから！」と手を引いて強引に走る。

聖君なら絶対大丈夫……！　聖は腕が立ち、機転が利く。自分たちがいてはかえって足手まといだ。駅前に交番があったはずだ、電話するより呼んだ方が早い。

エレベーターを待つ時間も惜しくて斜向《はすむ》かいの階段に飛び込んだ。陽太が自分で走り始めたので美久は手を離し、階段を駆け下りた。耳元で跳ねるイヤーカフがうるさい。むしり取るように外し、ポケットに押し込んだ。

「あいつら誰⁉」

陽太が声を上げた。

「俺が死体見たのが原因⁉」

「わからない！　とにかく警察呼ばないと！」

美久が後ろに叫ぶと、陽太の足音が止まった。ぎょっとして振り返ると、陽太は二階と三階の踊り場で足を止めて上階を仰いだ。

「やっぱり戻る、セイさん一人じゃ危ない！」

「だめ、狙われてるのは栗林さんだよ！」

「でも二対二ならどうにかなる！」

言うが早いか陽太が身を翻《ひるがえ》した。

「栗林さん！」

これじゃ聖君の気持ちが無駄になる！

美久が駆け出すと、エレベーターが三階で止まり、ドアの開く音がした。

「小野寺さんは早く交番に！」

三階に出た陽太が美久の方を見ながら叫んだ。引き止めようと美久が口を開いた時、ふとそれが目に飛び込んできた。

陽太の後方。エレベーターから降りてきた人が陽太の方を向いた。その手の中で、小さな稲妻《いなずま》のような光が、バチッ、と跳ねた。

「――栗林さん後ろ！」

悲鳴のような声に陽太が背後を振り返った瞬間、陽太の脇をかすめて青白い光が爆《は》ぜた。断続的なスパーク音が狭い廊下に反響する。

「スタンガン……!?」

陽太が啞然と呟いた。対峙《たいじ》する男はウィンドブレーカーのフードを目深《まぶか》にかぶり、顔をマスクで隠している。陽太は凶器に魅入《みい》られたように動かない。

一瞬がとても長く感じられた。

美久は駆け出していた。陽太が襲われた瞬間から全力で階段を駆け上がり、勢いそのまま思い切り陽太にぶつかった。不意の出来事にバランスを崩した陽太がエレベーターの中に倒れ込む。

呆気《あっけ》に取られた顔の陽太が閉まるエレベータードアの向こうに消えるのを美久はほっとした気持ちで見送った。これで栗林さんは大丈夫だ。

しかしその安堵は一秒と続かなかった。

ジャリッ、と小さな礫《こいし》を踏みしめる音に、美久は凍りついた。

全身が粟立《あわだ》ち、恐怖で呼吸が詰まる。男の位置を確かめる余裕などなかった。気づくと美久は床を蹴《け》って走り出していた。無我夢中《むがむちゅう》で転げるように廊下を駆ける。

どうしよう!

陽太を逃がすことで頭がいっぱいで、自分が逃げることまで考えていなかった。助けを呼ぼうとしたのに声が喉に貼りついて音にならない。ドアを片っ端から叩きたい衝動にかられた。騒げば誰か出てくるかもしれない。でも出てこなかったら、その間に男に追いつかれたら、出てきた人を巻き込んだら——

瞬時《しゅんじ》に様々な考えが浮かんでは消える。ドクドクと脈打つ音がうるさい。気が動転してひたすら走ることしかできない。と、正面に鉄骨の階段が見えた。

そうだ、非常階段！

目に飛び込んできた脱出経路に心が明るくなった。美久は階段に飛びついた。カンカンカン、と鋼板を駆け下りる音が軽快に響く。よかった、外へ出られる！

安堵に頬が緩んだ時、ガシャン！　と金属がぶつかる音が階下からこだました。

美久はたたらを踏んだ。

ガシャガシャと乱暴な音を立て、誰かが非常階段の入り口を破ろうとしている。

——なぜ、追っ手が一人だと思ったのか。

五〇五号室の前に二人。エレベーターに一人。何者かわからないが、そこまでする人間が他の出入り口を見張らないわけがない。

これまで、人死にや危害を加えられることなどなかった。だがこの事件は違う。

今までとまったく違う。まったく異質で、悪意に満ちている。

その悪意が、自分に向けられている。

理解した瞬間、胃がせりあがり、強い吐き気に襲われた。恐怖に全身の血が凍り、体温が失せて震えが止まらなくなる。

その時、騒音が止んだ。

ドアを破ろうとしていた音が消え、キイ……と錆びた音が上がる。

全身が総毛立った。

うそ……！

美久は非常階段から二階の廊下へ逃れた。だが上には行けない、下にも。その間にも何者かが非常階段を駆け上がってくる。どこに行けばいい？　どこにも行けない、出られない逃げられない。無人の廊下に自分の浅い呼吸だけが異様に大きく響く。

「誰か……っ」

助けて。

か細い声は音にもならなかった。反響した足音がもうすぐそこに聞こえる。だめ、もう逃げ場がない――

「飛べ！」

突然、声が響いた。

はっとして声の方を見ると、手摺《てす》りの向こうに地上を駆ける人影があった。選ぶ余地はなかった。美久は手摺りに身を乗り出した。その高さに反射的に体が竦む。二階とはいえ、こんな高さから下りたことはない。

「俺を信じろ、飛べ！」

声の主はわからない。だが力強い声に心の奥から勇気が湧いた。姿は見えなくてもあの声は信じられる。

美久は覚悟を決め、相手の位置を確認して宙に体を投げた。

落下の恐怖を覚える間もなく、硬いものに体がぶつかった。ばさばさと枝葉に体中を引っ掻かれる。長い一瞬。嵐《あらし》のような音が途切れ、落下が止まった。

美久はすぐに動けなかった。体が異様に重く感じる。しかし動けないのは落下の衝撃のせいではなかった。

植え込みに背中から倒れたその人が、美久をきつく抱きしめていた。

美久はその胸に額を寄せたまま吐息を漏らした。安心して涙が滲みそうになる。

顔を見なくても誰かわかった。清潔感のある良い匂いがする。そして、仄かなコーヒーの香り。

「悠貴君」

体にまわされた手が緩むのを感じ、美久は顔を跳ね上げた。

「どうして？　悠貴君が何でここに!?」

「どうして、じゃない！」

とたんに鋭い声で怒られた。

美久の下敷きになった悠貴は怖い顔で美久を睨み上げた。

「お前はどういうトラブル体質だ！　次から次にとんでもない事件を引き寄せて！」

「ご、ごめんっ」

思わず謝ってから、いつもと変わらないやりとりに緊張の糸が緩んだ。

「悠貴君」

美久はもう一度名前を呼んだ。

それだけで心が温かくなり、ぎゅっと胸が締めつけられる。ありがとう、と言おうとしたのに喉が震えて言葉にならない。恐怖や不安、嬉しさや安心感がどっと押し寄せて、口を開いたら泣き言を言いそうになる。

悠貴は困ったように目を逸らしたが、小さく息を吐くと、美久に目を戻した。

「怪我はないいな」

美久が頷くと「そうか」と平板な声が返ってきた。それから、聞いたこともないほど優しい声が呟いた。

「よかった」

「えっ……？」

「重いからさっさと下りろ、と言ったんだ」

「あっ、ごめん！」

美久は慌てて体を起こした。まわりは植え込みで、手をつく場所がない。体重をかけても大丈夫そうなところを探しながらどうにか立ち上がると、少し遅れて悠貴も立ち上がった。

「悠貴君、怪我してない……？」

「問題ない」

悠貴が体についた小枝や葉を払い落とすのを美久はこっそり見守った。以前悠貴は怪我をしたのに黙っていたことがある。不自然に手を止めたり顔を歪めたりしないのを確かめて、美久はほっと息を吐いた。それから改めて訊いた。

「悠貴君、どうしてここに？　私、どこにいるか教えてないよね？」

「それは――」

「へえ、また意外なのがいるな」

悠貴の声に別の声が重なった。

マンションの角から背の高い人影がやってくる。暗闇にアッシュブラウンの髪が白っぽく浮かび上がり、聖が姿を現した。

「聖君！」

美久は安堵の声を上げ、続けて訊いた。

「あの人たちは⁉」

「皆どっか行ったよ。騒がしくなったから逃げたんだろうな。ハルタも無事だろ」

「そう……」

ひとまず危険は去ったようだ。聖の無事を確認して美久は胸をなで下ろした。次の瞬間、美久はとんでもない状況にいることに気づいた。

しまった……！

聖と悠貴。会わせてはいけない二人を会わせてしまった。悠貴は聖がいることを知らなかったはずだ。また一触即発の状態になる――

しかし美久の予想に反し、悠貴は驚いた様子を見せなかった。顔色一つ変えず、冷ややかな目で聖を見た。

「軽率な行動を省みろとは言わない、無責任な行為でお前がどうなろうと、どうでもいい。ただ俺のまわりをうろつくな、目障《めざわ》りだ」

ハッ、と聖が失笑を上げた。

「ものは言いようだな。慎重すぎて何もできねえくせに。なあ、ビビリ君？」

「その子どもじみた悪態、ますます頭が悪く見えるぞ」

「てめえこそ知識バカだろが」

軽口のような応酬だが、一言ごとに周囲の温度が下がる。肌に突き刺さるような張り詰めた空気に、美久ははらはらして二人を交互に見た。

「あっ、いた！　よかった！」

そこへ明るい声が響いた。建物の角から陽太が駆けてくる。

「探したんだ、二人とも無事で――」

陽太は歩調を落とし、声をとぎらせた。悠貴と聖の間に広がる不穏な空気を感じ取り、説明を求めるように美久を見た。美久は小さく頭を振ることしかできなかった。

その時、着信音が鳴り響いた。

電子音が薄闇に大きく響き、陽太がぎょっとした様子で服を探った。スマートフォンを引っ張り出して画面を見ると、その表情が凍りついた。

「こ、公衆電話！　きっとあいつだ、脅迫犯！」

聖がすぐに反応した。身を翻して陽太のそばへ来ると短く言った。

「スピーカーにしろ」

陽太は頷いて、ディスプレイに手を伸ばした。震える指で通話ボタンをタップしてスピーカーに切り替える。

「もしもし」

硬い声で陽太が呼びかけると、ボイスチェンジャーで歪んだ声が嬉しそうに笑った。

「何だ、元気そうだね」

陽太は目を見開き、声を荒らげた。

「お前がやったのか⁉」

「その威勢《いせい》ならうまく逃げ切ったか」

「さっき襲ってきたのはお前の仲間か！」

「そんなことより、今日は君にお別れを言いにきたんだ」

「は……？」

「少々、事情が変わってね。死体探しはおしまいだ」

「何をふざけたことを」

「そう、おふざけは終わり、ゲーム終了だ。あの女のことは忘れろ。もう用がなくなった。そういうことで君も用なしってわけだ」

「ま、待て！　それどうい――」

「連絡はこれで最後だ。それでは栗林陽太君、楽しかったよ」

「おい！」

陽太が叫ぶと同時に、ブツッと通話が切れた。

美久は唖然として陽太のスマートフォンを見た。

脅迫者が、脅迫を取り下げた。

今確かにこの耳で聞いたのに、状況が呑み込めない。

陽太も理解できない様子で画面を眺め、助けるように聖と美久を見た。

「これ、どういうことですか……？」

聖は首の後ろに手をやると、考えるように首をひねった。

「まあ、こんなもんか……やることやったし」

ぶつぶつと言ったかと思うと、「よし」と顔を上げた。

「俺、降りるわ」

唐突すぎる宣言に陽太の口から「はっ？」と間の抜けた声が漏れた。

「興《きょう》ざめ。鬱陶《うっとう》しい奴が来たし。美久と楽しいデートができたからいいけど」

そう言って、聖はけろっとした顔で陽太の肩を叩いた。

「脅迫が終わってよかったな。これでもう何もしてこないだろ」

「いや、そんな確証どこにも」

「へーきだよ、わざわざやめるって電話くれたし。親切な脅迫者でよかったな」

「親切って……っ、何言ってんだよ、おかしいだろ今の電話！」

陽太が怒鳴ったが聖は聞いていなかった。

「じゃ、用事済んだから帰るわ。もともと俺の案件じゃねえし、あとはそっちのメガネに訊けよ。そいつがエメラルドの探偵だ」

唖然とする陽太に言うのを聞いた悠貴が目を吊り上げた。

「待て聖！」

しかしアッシュブラウンの髪の青年は歩調を変えず悠然《ゆうぜん》と去っていく。その背中がマンションの角に消えると、悠貴が呆《あき》れ返ってうめいた。

「何なんだ、あいつ……」

美久も呆気に取られ、聖の消えた暗がりを眺めた。聖の行動もわからないが、あまりにたくさんのことが一度に起きて、頭の整理が追いつかない。

消えた〈女の死体〉の女性。謎の襲撃者。中途半端《ちゅうとはんぱ》に終わった脅迫事件——何もかも判然としないまま、事件は幕切れとなった。

残された陽太は、スマートフォンを手に呆然と立ち尽くしていた。

第三話

ラスティネイルii

1

午後七時。喫茶店エメラルドの扉に『閉店』の札が下がっている。

美久は厨房の丸椅子に座り、真紘の手当てを受けていた。マンションにいた時は気づかなかったが、体のあちこちに擦り傷をつくっていた。大方は手摺りから飛び降りた時にできたものだが、肘《ひじ》や膝の傷は陽太をエレベーターへ押し込んだ時だろう。血の滲んだ肘に絆創膏《ばんそうこう》を貼られると、ピリッと痛みが走った。

真紘が絆創膏の接着面を優しく押さえた。

「はい、おしまい」

「すみません、ありがとうございます」

痛みに顔を歪めながら美久が微笑むと、真紘は眉を顰《ひそ》めた。

「あまり無茶をしないで」

それ以上言わなかったが、心配させていることは表情から読み取れた。真紘からすれば、何かトラブルがあった様子で悠貴が美久を連れて帰ってきたのだ。店に戻ることは事前に電話で知らせていたが、気を揉んでいたに違いない。

「ごめんなさい……」

美久がうつむくと、美久の頭に真紘の手が触れた。

「うん。次は出かける前に教えて」

真紘は柔らかく言うと、いつものように微笑んだ。

「今温かい飲み物を用意するね」

訊きたいことや言いたいことが山ほどあるはずなのに、相手が反省しているとわかると何も言わず受け止める。どうしたらこんなに優しくなれるのだろう。気持ちごと包まれた気がして、胸の奥がじんと温かくなった。

真紘が行ってしまうと、美久は壁に凭れて目を閉じた。

長い一日だった。

突然の聖との再会。目的のわからないまま連れ回され、からかわれたと思った矢先依頼人と引き合わされた。そこで聞かされた恐ろしい事件と襲撃――振り返ってみても、とても現実のことと思えなかった。しかし、
絆創膏の上から肘に触れると鈍い痛みが広がった。その痛みが、あれは夢ではなく確かに起こったことなのだと告げている。

それに、事件はまだ終わってない。

その時、裏口のドアが開き、ひんやりした夜風が厨房に吹き込んだ。美久が目を開けると、タブレット端末を手にした悠貴が入ってくるところだった。

背中から植え込みに落ちた悠貴も頬や手の甲に擦り傷を負ったが、幸い大きな怪我はなかった。今は汚れた制服から着替え、ベージュのパンツと質感の良い白のカットソーに黒のトップスを重ねている。顔を洗ってきたのか、髪が少し濡《ぬ》れていた。

悠貴は後ろ手にドアを閉めると、ちらりと美久に目を向けた。

「始めるぞ」

「あっ、うん」

美久は立ち上がった。

今日は振り回されてばかりだった。聖に引きずられるようにして依頼を聞き、謎の一部を解明したが、ずっと地に足が着いていないような感覚があった。

その理由はここに帰ってきてわかった。

きっと、ただ謎を解くだけではだめなのだ。依頼人と向き合い、その想いに応《こた》えて解決する。エメラルドの探偵とはそういう存在だと改めて気づいた。それができるのがエメラルドの探偵であり、悠貴なのだ。

これからが本当の調査なんだ。

美久は気持ちを引き締めて、客席に向かった。

エメラルドの店内は暖かな照明が灯され、有線ラジオの洋楽が静かに流れていた。いつもは店じまいの清掃をしている時刻だが、客席に一人の客が残っている。テーブル席に座った栗林陽太は、ティーカップを眺めていた。視界にあるだけで見えていないのかもしれない。意識はどこか遠くに向いているようだった。

店に戻る途中、陽太には悠貴が噂に語られる探偵だ、と明かしてある。成り行きとはいえ、美久は騙したような気がして罪悪感があったが、陽太は怒ることも驚くこともなかった。そんな余裕がなかったのかもしれない。

「お待たせしました」

悠貴が声をかけると、陽太がはっとした様子で面《おもて》を上げた。

血色が悪く、疲れた顔をしている。気力もすり切れているように見えたが、悠貴を見ると陽太はやにわに立ち上がり、勢い込んだ。

「さっきの話本当ですか、知ってることがあるって！」

マンションで聖が去ったあとのことだ。陽太に代わって美久が悠貴に事件のあらましを説明すると、悠貴は得心した様子で「それなら説明がつくな」と呟いたのだ。

何か知っている口ぶりに陽太が話を急《せ》くと、ここでは目立つから、と場所をエメラルドに移すことになった。

「説明がつくってどういうことなんです、何を知ってるんですか⁉」

「今説明します。どうぞおかけください」

悠貴がソファに座るように促すと、陽太は落ち着かない様子で腰を下ろした。それを見届けてから悠貴が陽太の向かいに座り、美久も悠貴の隣に着席した。

「まずこちらを見ていただけますか」

悠貴がテーブルにタブレット端末を置いた。ディスプレイには新聞が映っている。拡大された記事には『また暴力団か。都内で刺傷事件』と見出しが躍っていた。

陽太が怪訝そうに記事を眺めた。

「これは……？」

「去年の十二月にマンション・ポパイであった事件です。被害者は瀬戸《せと》圭司《けいじ》という若い男です。事件当夜、帰宅した隣人が瀬戸宅の玄関が開いていることを不審に思って部屋を覗くと、瀬戸が血だまりに倒れていたそうです。腹と背を複数回刺され、背中にナイフが突き立てられた状態で」

陽太がぎょっとした顔になった。

「同じだ、俺が見たのと……！」

「ええ。栗林さんが目撃した〈女の死体〉は、その事件の被害者の状態とそっくりなんです。記事によると、瀬戸は病院に運ばれたものの出血が酷く意識不明に。数日後の記事では犯人逮捕が伝えられています。瀬戸を襲ったのは我妻会《あがつまかい》というその一帯を取り仕切る組織の下っ端で、現在は服役中《ふくえきちゅう》のようですね」

「知らなかった、そんな事件が……」

「原因は何だったの？」

美久が訊くと、悠貴は頭を振った。

「新聞には書かれていない。瀬戸の意識が回復すれば解明されるだろう」

陽太はタブレットに目を戻した。

「死体のふりをした彼女……カワナミサキは、その事件の被害者と同じ恰好をしてたんですね」

「ええ。再現した、と考えるのが妥当でしょう」

「でもどうして再現なんか」

「今の段階でははっきり申し上げられません」

「じゃあ俺を脅迫した奴は？　何で俺に〈女の死体〉を探せなんて言ったんです？」

「栗林さんが唯一の目撃者だからです。〈女の死体〉を見たのは栗林さんだけで、他に手がかりになるものを見たと思われたのかもしれません。いずれにせよ、目撃者のあなたが適任と考えたのでしょう」

「目的は？　脅迫者は死体を見つけて何をしようっていうんです？」

「そちらも今は断言できま――」

「教えてください！」

陽太が声をかぶせた。

「確証はなくても思うことはあるんですよね、仮説でいいんです、上倉さんの考えを教えてください！」

悠貴はまだ調査をしていない。無責任な推論を語るべきではないと考えているのだろう。しかし陽太からすれば、この数日わけのわからない事件に巻き込まれ、正体不明の男に脅かされてきたのだ。仮説でも知りたいと思うのは無理のないことだろう。

悠貴は息を吐くと、静かに切り出した。

「昨年の事件の被害者を彷彿《ほうふつ》とさせる〈女の死体〉。栗林さんがその死体を見たと警察を呼ぶ騒ぎを起こしたことで、脅迫者は過去の事件を知る何者かがいると感じたはずです。そして栗林さんに〈女の死体〉を探せと迫った。この行動が、脅迫者が何者か物語っています」

　悠貴はきっぱりと言った。

「栗林さんを脅迫したのは、昨年の事件と関わりのある人物です」

「どうして言い切れるんです？」

「あなたを脅迫したからです。栗林さんの妹さんに接近していつでも手を出せると脅しかけ、〈女の死体〉を探させる。そこまでして探させたということは、過去の事件に関わって何かあるのでしょう。世間に知られては困る、後ろ暗い何かが」

　ここからは現段階での仮説ですが、と前置きして悠貴は言葉を続けた。

「脅迫者の目的は〈女の死体〉ではありません。おそらく、彼女をあの部屋で殺害、あるいは遺棄《いき》した人物を特定したかったのでしょう。その人物こそ、過去の事件について知る者に違いありませんから」

　死体を使って過去の事件を知っているとメッセージを送るような危険人物だ。そんな人間を自ら探すのは自殺行為だと脅迫者は考えたのだろう。だからこそ、目撃者の陽太に固執《こしゅう》し、脅迫してまで死体を探させた。

「脅迫すれば、栗林さんは誰にも相談できないし、警察にもいけないよね……」

　美久は考えながら呟いた。

もし陽太が、自分の目にしたものをちゃんと調べろ、と警察に食い下がったら、過去の事件を掘り起こされてしまうかもしれない。脅迫者にとってこれ以上の不都合《ふつごう》はない。陽太の家族を盾に脅迫することで、その口も塞《ふさ》げるというわけだ。

陽太は怒りに体を震わせた。

「汚い野郎だ……！　マンションで襲ってきたのもあいつの仲間か！」

「いえ、それはないでしょう」

すかさず悠貴が言うと、陽太は目を瞬いた。

「どうして？　二人組の男は部屋を見張ってる感じだった。俺を脅かして、わかったことを吐かせようとしたんじゃないんですか？　逃げたらエレベーターから出てきた奴に襲われたし」

「失礼な言い方になりますが、脅迫者は栗林さんを使役《しえき》していたんです。せっかく姿を見られずあなたを利用できるのに、仲間を送り込む必要があるでしょうか。自分の正体を知られたくないはずですし、あなたに状況を訊くなら電話で事足ります」

それに、と悠貴は頤に指をあてた。

「会社員風の男が二人に、スタンガンを持った男、さらに非常階段にもう一人。少なくとも四人以上の人間が栗林さんを追っていたことになります。人数の多さが気になりますね。おそらく、脅迫者と別の何かが動いているのでしょう」

「えっ⁉」

美久はぎょっとした。脅迫者に加えてまだ何かあるというのか。

不穏な発言に陽太も慄《おのの》いた様子になると、悠貴が落ち着いた声音で言った。

「注意は必要ですが、過度な心配をする必要もないと思います。僕の見立てでは栗林さんを脅迫した人物は、単独か、多くて二、三名ですから」

「ま、待った、何でそんなことがわかるんですか……⁉」

「組織ぐるみの犯行なら、栗林さん以外に自由に使える人間がいます。あなたと接触するにも電話ではなく、直接会って圧力をかけたはずです」

暴力団や暴走族ならこそこそせずとも力で陽太を屈服させられる。痛めつけ、次はお前の家族だ、と脅す方が早い。

「脅迫という卑劣な手段を取ったことからして、そうした力のない人物と推測できます。少人数、それも組織的なバックアップのない者の犯行でしょう。脅迫者とは別の何かが動いていると考えられるのは、そういう理由からです。ですから注意は必要ですが過度に恐れる必要もない、と申し上げたんです。マンションに現れた連中が何者であれ、必ずしも栗林さんに危害を加えるとは限りません」

陽太はしばらく悠貴を見つめ、気が抜けたようにソファに体を沈めた。

「君が本当のエメラルドの探偵……なんだな」

自分より年下、しかも高校生だ。疑うつもりはなくても、本当に探偵なのか頭の片隅で訝《いぶか》しく思っていたのだろう。

そうした反応に慣れている悠貴は気にした様子もなく微笑んだ。

「いかがしますか。調査を続けられますか？」

柔らかく微笑みながら、悠貴の眼鏡の奥の目に真剣な光が浮かんだ。

「今申し上げたように、脅迫者は単独か、多くて数名でしょう。脅迫を取りやめたのは、目的を果たしたか、自分の身に危険が及ぶと判断したからと考えられます。当面脅迫に悩まされることはありません」

微妙な言い回しに陽太は眉を顰めた。

「脅迫は終わった、とは言わないんですね」

「残念ですが。判断するには情報が足りません。犯人は本当に脅迫をやめたのかもしれないし、一時的な処置なのかもしれない。……気になるのは、脅迫者が『事情が変わった』と言ったことです。事情が変わっただけで、死体の女を見つけたわけではないんです。脅迫してまで栗林さんに死体を探させながらあっさり翻すなんて、正直、諦めがよすぎます」

悠貴は懸念《けねん》を打ち明け、陽太の目を見た。

「ですが、脅迫者を捕まえるとなると死体のふりをした女性、カワナミサキを探すことになります。必然的に昨年の事件を調べることになり、そうなれば我妻会のような組織に目をつけられる恐れがあります。マンションで追ってきた連中に出くわす危険も。そんな危ない橋を渡るよりも一応の解決をみたわけですから、防犯に徹するのも一つの方法でしょう。次の脅迫電話に備えて、録音録画機器を用意する。日記をつけるのも効果的です。証拠が揃えば警察が動きます」

謎は多く残るが、脅迫事件は決着したのだ。躍起になって事件を解明するより、平穏に暮らす方がいい。再び脅迫があるかもしれないが今度は方策を立てられるのだ。証拠があれば警察が解決してくれる。その方がずっと安全で良い方法だ。しかし、

「結局、被害が出てからじゃないと警察は動いてくれないんですね」

陽太はうつむいた。

「脅迫電話がかかってくるならいい、最初に俺に何かするなら。でもその前にうちの妹が誘拐《ゆうかい》されたら？　電話の男は俺の家や家族を知ってるんだ、そんな危ない奴がうろうろしてるのに、何か起こるまで待つなんて、絶対ごめんだ……！　絶対あいつを

捕まえる、俺一人でも必ず、どんなに危険でも！」

「……本気で脅迫者を見つけたいとおっしゃるんですね」

陽太は唇を引き結び、強く頷いた。

その瞳に浮かぶ強い決意を見届けて、悠貴は微笑んだ。

「わかりました。では、この依頼、僕が承《うけたまわ》りましょう」

「え……」

調査すること自体どれほど危険を孕んでいるのか、それを説いた悠貴が誰よりもわかっているはずだ。それでも悠貴はその危険を進んで引き受けた。

「まずは現場を確認したいですね。目撃した時の状況を詳しく知りたいので、明日、事件のあった場所を案内していただけますか？」

陽太は信じられないものでも見るように悠貴を見つめていたが、姿勢を正すと、勢いよく頭を下げた。

「ありがとうございます……！　お願いします！」

「話がまとまったみたいだね」

そこへカウンターから出てきた真紘がトレイを手にやってきた。トレイの上にスープやサラダがのっている。

「もう時間も遅いですし、食べていってください」

真紘は陽太に朗らかに言いながら、食器をテーブルに並べた。気がつけばもう夜の八時だ。美久は自分の分の食器もあることに気づいて立ち上がった。

「私も手伝います」

「じゃあ、メイン料理をお願いしていいかな」

にこりとする真紘に元気よく頷いて美久は厨房へ向かった。

カウンターを抜ける時、何気なくテーブル席を見ると、陽太がスープに口をつけるところだった。食欲のない顔をしていたが、一口飲むとぴたりと動きが止まった。それから急に忙《せわ》しくスプーンを動かし始める。

空腹を思い出したように夢中で口を動かす姿に、美久は頬を緩めた。

急いで作らなくちゃ。

手早く出せるものとボリュームのある料理を考えながら厨房へ入った。


「ごちそうさまでした。料理、上手いんですね」

夕食が終わり、美久が食後の紅茶を運びに行くと、陽太が穏やかに言った。腹が満たされて体が温まったのだろう、顔色が少し良くなっている。

「お口に合ってよかった。食器を下げてくるので、くつろいでてくださいね」

美久は微笑んで、テーブルに残った皿を重ねてトレイに載せた。厨房では悠貴と真紘が洗い物をしている。二人で片付けているので、すぐに終わるだろう。

「そうだ、栗林さんはレモンとミルク――」

言いかけて、美久は目を瞬いた。

「栗林さん？」

呼びかけたが、陽太は答えなかった。ソファに体を預け、寝息を立てている。

ほんの少し前まで会話をしていたのに驚くべき寝付きの良さだ。

美久はびっくりしたが、陽太の寝顔を見て気づいた。

栗林さん、ずっと無理してたんだ……。

血だまりの〈女の死体〉を目撃して以来、気の休まる瞬間はなかったはずだ。恐ろしいものを見たのに、警察には悪質な悪戯となじられ、突然正体不明の人から死体を探せと脅迫され、さらにはスタンガンを持った男の襲撃だ。そして、唐突に取り下げられた脅迫――

この数日味わった恐怖は何だったのか。なぜあんなものを目撃し、理不尽な脅迫を受けなければならなかったのか。何もわからない。脅迫者が本当に脅迫をやめたかもわからないのだ。

まるで濁流に落ちた木の葉だ。どこへ流れ、いつ沈むかわからない状況に翻弄《ほんろう》されながら、流れに身を委《ゆだ》ねなければならない。

わけのわからない状況に置かれた陽太にとって、悠貴の存在はどれほど心強かったのか。その実力を肌で感じ、張り詰めていた緊張の糸が緩んだのだろう。

だけど、栗林さんの心を解かしたのはきっと悠貴君だけじゃない。

美久は店内を見渡した。

暖色の明かりが優しく客席を照らす。飴色《あめいろ》のテーブルにアンティークの棚や柱時計。長い年月をかけて店に溶け込んだ調度品は、懐かしい場所に帰ってきたような安心感をくれる。

エメラルドには人をほっとさせる魔法がかかっている。形はなくても確かにここにあるぬくもりが、訪れる人を優しく包んでいる。

美久は微笑んで、音を立てないように静かにテーブル席を離れた。厨房に入ると、悠貴と真紘に陽太が眠ったことを伝えた。暖かいのでブランケットは要らないが、店を閉める時刻がある。

「できたら、もう少し休ませてあげたいんですけど……」

美久が相談すると、真紘が鷹揚《おうよう》に笑った。

「心配しないで。終電前に俺が起こすよ」

真紘の隣で食器を拭いていた悠貴が頷いた。

「訊くからに散々な日だからな。今まで一人でよくやってたよ」

裏表が激しく辛辣なことを言う悠貴だが、こういう時は優しい。無関心そうに見えて意外と人のことを見ているのだ。

そういえば。美久は思い出して悠貴を見た。

「悠貴君、よく私のいるところがわかったね。出かける話もしてなかったのに」

「ああ、お前に電話した時、建物の名称が聞こえたからな。『マンション・ポパイ』なんて、そうないだろ。その上お前が見え透いた嘘を吐き、去年刺傷事件のあった場所とくれば、また危ないことに首を突っ込んでいるのが嫌でもわかる」

耳の痛い言葉に美久は首を竦めた。

「だ、だけど悠貴君が私に電話するってめずらしいよね！」

ほんの一瞬、食器を拭く悠貴の手が止まった。

それに気づいてか気づかずか、真紘が小さく笑った。

「俺が話したんだ。花見堂君が小野寺さんに会いに来たって」

「えっ⁉　真紘さん、私と聖君が話すの見てたんですか！」

「ううん、誰かが帰るのが見えただけだよ。ただ小野寺さんの慌てぶりがね」

ほんわりした真紘だが、こういうところは本当によく気がつく。心配させないつもりが、しっかり見守られていたようだ。真紘はにこやかに続けた。

「学校から帰ってきた悠貴にその話をしたら、しばらくスマホを睨んでいてね。気になるなら電話したらって言ったんだ」

「悠貴君……心配してくれたんだ」

美久が感じ入って悠貴を見ると、冷ややかに睨まれた。

「馬鹿かお前。ドラッグの売人が刺されたマンションと聖の組み合わせじゃ、ろくなことが起きない。蓋《ふた》を開けてみれば案《あん》の定《じょう》だ。栗林と話して確信した」

不機嫌な声で言い、悠貴の眉間に深い皺が刻まれた。

「あの不真面目野郎は本物のろくでなしだ。俺への当てつけにエメラルドの探偵を探す栗林に接触して、依頼を横取りして。あいつは俺の鼻を明かすことしか考えてない、だから平気で依頼人を放り出す。お前もお前だ、そんな奴にホイホイついて行って、デートだの何だの浮かれて」

「そんなのじゃないよ！　あれは聖君にエメラルドに近づかないでもらうためで！」

美久は強く反論した。望んで出かけたわけでもなく、あんな生きた心地のしない時間をデートと呼ばれたくない。

そう伝えたかったのだが、悠貴の視線で余計なことを言ったと気づいた。

「何の話だ」

悠貴が鋭い目で美久を見た。こうなると悠貴は本当のことを訊くまで追及をやめない。下手《へた》な嘘では火に油で、弁の立たない美久では煙《けむ》に巻くこともできなかった。

「……こ、ここは悠貴君の大切な場所だから、聖君には来てほしくなくて。そしたら……いろいろあって、ああいうことに」

今なら聖の狙いもわかるが、朝はこんなことになるとは想像もつかなかった。だからお前はわかってないんだ、と怒りのこもった悠貴の声が今にも聞こえそうで美久は身を縮めた。しかし、いつまで経《た》っても言葉は飛んでこなかった。

上目遣いで窺うと、悠貴は息を吐いただけだった。

「悠貴君……怒らないの？」

「怒ってどうするんだ」

仕方なさそうに言って、悠貴は拭き終えた皿を台に置いた。

「良かったな、また時給が下がったぞ」

「えっ——ええ⁉」

「五十円、いや百円下げるか」

「なんで⁉　今怒らないって言ったのに！」

「オーナーの忠告に逆らうからだ。前にあいつには近づくなと言ったはずだ、それをいいように丸め込まれて怪我までして。こうなるとわかっていたから言ったんだ」

「う……っ」

「わかったら二度と勝手にちょろちょろするな。いいな」

怖い顔で睨まれて、美久は小さくなって頷いた。

悠貴はフン、と鼻を鳴らすと、腰に締めたサロンエプロンを外した。

「真紘、あとを頼む」

「うん。手伝ってくれてありがとう」

悠貴が裏口から出ていくのを美久は恨めしい思いで見送った。

うう、悠貴君の鬼……！

忠告を無視したのは悪かったが、給料を下げるなんて反則だ。年下のくせにこういうところが本当に可愛くない。

「大丈夫。悠貴はそんなに怒っていないよ」

真紘になぐさめられても気持ちは上向かなかった。

「だといいんですけど……お給料はがっつり下がりそう」

「その件は俺が話しておくから心配しないで。小野寺さんにはいつも助けてもらっているし、減給どころか給料アップも期待していいよ」

ほんわりした笑顔だが、真紘の声に揺るぎはなかった。穏やかそうで芯《しん》のしっかりした真紘だ。きっと今言ったことを現実のものにするだろう。

「真紘さん、ありがとうございます……！」

真紘に後光が差して見え、美久は胸の前で両手を合わせた。真紘が自分を買ってくれていることも嬉しかった。この感謝は行動で返したい。

「私、カウンターの片付け済ませてきますね」

美久は元気よく言ってカウンターに向かった。眠っている陽太を起こさないように道具を片付け、台拭きと水差しを厨房に下げる。台拭きを洗おうと蛇口《じゃぐち》に手を伸ばした時、台に体が触れて、カチッ、と小さな金属の当たる音がした。美久は怪訝に思ってショートパンツのポケットを探り、目を見張った。

そうだ、これ……！　月のチャームのついたイヤーカフだ。二人組の男から逃げる時、ポケットに押し込んだのだ。ごたごたするうちに聖に返しそびれてしまった。

今日一日だけ。その約束で身につけた、高価なアクセサリー。

――デートだろ。

聖の真剣な眼差しと声が思い出され、美久は眉を顰めた。

面と向かって言われると面映《おもは》ゆい言葉のはずなのに、聖が口にすると不安で胸がざらつく。どこまで本心なのか。ふざけているのか、裏があるのか。心を乱されて平常心でいられなくなる。たった一言でここまで困惑させられる人も珍しい。

「小野寺さん？」

真紘の声に美久は我に返った。

「あまり調子が良くないなら、無理しないで休んで」

「大丈夫です。ちょっと考えごとしちゃって」

美久は苦笑いしながら手を振り、ふと思って尋ねた。

「真紘さん、ラスティネイルって知ってますか？」

「カクテルの？」

「えっ、カクテルなんですか！」

別の意味があるのではと思っていたが、カクテルとは予想もしなかった。

「変わった名前のカクテルですね」

「お酒の色が錆びた釘みたいだから、そう呼ばれているみたいだね」

「そうなんですか……」

じゃあ、やっぱり『錆びた釘』なんだ。

悠貴をどう思っているのか、と尋ねた時、聖はそう答えた。

錆びた釘《ラスティネイル》。

錆びて抜けなくなった釘のような存在だと言いたいのか。抜こうにも、錆でまわりが腐食して、傷つき続ける——終わらない痛みをまとう、忌々《いまいま》しい存在。

聖がどれほど悠貴を憎んでいるのか強く伝わってくるようで、美久はイヤーカフを見つめたまま、しばらく動くことができなかった。

2

翌日。美久は大学の講義を受講してから事件のあったマンションの最寄り駅へ向かった。駅を出ると、待ち合わせ場所にはすでに悠貴の姿があった。こちらも学校帰りで慧星学園の制服を着ている。それから数分と待たず改札から陽太が現れた。

「すいません、待たせました？」

小走りでやってきた陽太に悠貴が微笑んだ。

「いえ、僕たちも今来たところですから」

よかった、と陽太は呟いて、口調を改めた。

「それで何を話したらいいですか？　大筋は昨日言った通りなんだけど」

「まず当日の栗林さんの行動を教えてください。栗林さんの動きがわかれば、〈女の死体〉を演じた女性の逃走経路もわかるかもしれません。事件前に栗林さんと彼女が接触している可能性もありますので」

陽太はマンションの方へ歩きながら話を始めた。

「あの日は午後からバイトでした。特に変わったことはなかったですよ。駐車監視員にも一回しか声かけられなかったし、のんびりした日でした」

「駐車監視員って、駐車違反を取り締まる人でしたっけ？」

美久が訊くと陽太は頷いた。

「宅配便には配達地域っていうのがあるんですよ。この地域は繁華街と駅前がいくつもあって、駐車監視員のチェックが特別厳しいんです。だからドライバーとバイトの二人体制でまわってます。一人だと荷物を届けにトラックを離れた隙に違反切符を切られたりして、一日の稼ぎが吹き飛ぶから洒落にならないんですよね」

「駐車違反の罰金って、会社から出ないんですね」

意外に思って美久が言うと、陽太は苦笑いした。

「出ません。こっちの不注意だから。結構理不尽な不注意ですけど」

「そうなんですか？」

「一日百五十個くらい荷物があって配達するんですけど、届け先の家の前を通っても時間帯指定があって届けにいけないんですよ。だから一日何度も同じ道を行ったり来たりして。それでいざ荷物を届けにトラックを路肩《ろかた》に停《と》めたら監視員が飛んでくるし。二人体制でやらせてくれるだけ、会社の温情です」

「厳しいんですね！」

「夕方まででですけどね。五時を過ぎると取り締まりが緩くなるんで、夜は一人で配達できます。まあ、夜は夜で無茶な再配送の連絡があるんですけど」

肩を竦める陽太に悠貴が尋ねた。

「カワナミサキに宛てた荷物は、夜八時の再配送でしたね。その時は栗林さんが一人で働いていたんですか？」

「いや、ドライバーの人が途中で足くじいちゃって。荷物がかなり残ってたから、残業して手伝ってたんです」

「そうでしたか。では最初にカワナミサキの荷物を届けに行ったのは何時ですか？」

ええと、と歩きながら陽太は宙を仰いだ。

「午前のシフトの人と代わってしばらくしてからだから……二時です。それで、ここからマンションに入りました」

陽太が足を止めた。いつの間にかマンション・ポパイの正面玄関に着いていた。

三人はステンレス製のポストの並んだエントランスを抜け、エレベーターへ向かった。住人は仕事で出払っているのか、エントランスに人影はなく、上階からも何の音も聞こえない。

美久はエレベーターを待ちながらそっと背後を窺った。斜向かいの階段口は塗りつぶしたように黒い。日差しの入らない時間のようで、まるで闇がぽっかりと口を開けているようだ。不意に昨日のことが思い出され、背筋が寒くなった。

目つきの鋭い二人組。突然振りかざされたスタンガン。襲いかかるウィンドブレーカーの男、擦りむいた膝の痛み、非常階段から迫る足音――

「大丈夫だ」

落ち着いた声が美久を現実に引き戻した。

悠貴が正面を向いたまま、囁くように言った。

「何者か知らないが、明るいうちは手を出してこない。襲撃は失敗したんだ。向こうも慎重にならざるを得ない」

悠貴は決して気休めや優しいだけの言葉を口にしない。だからこそ、言葉に透ける優しさがわかる。

美久は頷いて、到着したエレベーターに乗り込んだ。

五階の廊下にも人影はなかった。まだ明るい時間で、繁華街の賑わいが風に乗って響いてくる。陽太は五〇五号室の前で足を止めると、ドアノブを回した。

ガタッ、と金属の引っかかる音がしただけで、扉は開かない。

「やっぱり閉まってる……だめみたいです」

「構いません。それより、初めて会った時カワナミサキさんはどこにいましたか？」

悠貴が尋ねると陽太はドアを指差した。

「ここに背中をつけて座ってました」

「人相や服装は覚えていますか？　できるだけ詳しくお願いします」

「歳は……たぶん二十歳《はたち》くらいです。背は小野寺さんよりちょっと高くて、髪は緩く巻いてました。ええと、前髪はぱっつんで、眉毛の上くらいだったかな。あ、顎のところにホクロがあったかも」

陽太は短く刈った髪を撫で、思い出しながら続けた。

「服は膝くらいのスカート……シャツは白っぽくて、ひらひらしてたような……。イメージで言うと、清楚《せいそ》な感じです。そういえばブランドのバッグ持ってたな。何だっけ、ハートが砂時計みたいにくっついた形のやつ、ええと」

「クオーリですか？」

美久が助け船を出すと、陽太は手を打った。

「そうそう、それ！」

ブランドに明るくない美久でも知っている有名店だ。ナイロンや夏向けのビニールのトートバッグなど、若い女性でも頑張れば手に届く価格設定が人気だ。とはいえ、決して安いものではない。

「他に覚えていることはありませんか？」

「いや、可愛い子だなって……」

陽太は口の中でもごもご呟いた。

あんな事件に巻き込まれるとわかっていたら気をつけて人相を覚えるだろうが、このくらいの印象が普通だろう。髪型や服装など、よく覚えていた方だ。

悠貴は眼鏡のフレームを指で押し上げ、廊下に視線を向けた。

「カワナミサキと会ったのが二時過ぎでしたね。その時は再配送の約束をして、栗林さんは荷物を持ち帰った」

「そうです、それで夜八時にまたここに来て。あとは話した通りです。俺は部屋を覗いて驚いて……荷物を放って逃げた」

あの時、部屋に踏み込んで彼女の生死を確認していたら。

そんな後悔の聞こえるような声だった。逃げた自分を恥じているのかもしれない。しかし明らかな事件現場に遭遇して平静でいられる人など、どれほどいるのだろう。気が動転しながらも救急車と警察を呼んだ陽太は立派だ。

陽太が〈女の死体〉を目撃してから戻ってくるまでの顚末《てんまつ》を悠貴に説明するのを聞きながら、美久はそう思った。


五階での調査を終えてマンションを出たところで、どこからか声が飛んできた。

「あーっ！」

美久が振り向くと、通りの向こうから人が駆けてくるところだった。

大学生くらいだろうか。やや小柄な女性で、走る勢いで前髪が後ろに流れて広いおでこがよく見えた。パンツスタイルにスニーカー、上はオレンジの半袖シャツを着ている。ユニフォームのようで、胸元に『ヒカリ運輸』のロゴが白く抜かれている。

女性を見た陽太が驚いた顔つきになった。

「珠子《たまこ》先輩？」

「珠子先輩じゃないでしょ、こんなところで何してんのくりりん！」

「くりりんはやめてください！」

すかさず陽太が声を荒らげた。

「くりりん……？」

美久が呟くと、珠子と呼ばれた女性がニシシ、と少年のように笑った。

「栗林だからくりりん。オイシイ名字してるよねえ」

「ほっといてくださいっ！　タマゴ先輩のくせに」

陽太がぼそっと付け加えると、珠子は素早く広いおでこを手で隠した。

「よくも人が気にしてることを～！」

つるりとした肌と広い額がゆで卵を彷彿とさせるのだろう。珠子は陽太に摑みかかり、がくがく体を揺さぶった。

「だいたい陽太はねー！」

「わあ、すいません」

「本気で謝ってないでしょ！」

そういう珠子も本気で怒っているようではなかった。日頃からネタにされているのか、まるで挨拶《あいさつ》のようにふざけ合っている。

「何を騒いでいるんだ」

そこへ、珠子の後方から中背の男がやってきた。四十代半ばで、服は珠子と同じユニフォームだ。首から身分証を提げ、腰のベルトに黒いポーチを提げている。

「北留さん」

名前を呼ばれた男は陽太からマンションへ視線を移すと、表情を険しくした。

「まだ調べてたのか」

呆れた口調に陽太が怯んだ。北留が諭すように言葉を続けた。

「過ぎたことを蒸し返すな。いつまで引きずるつもりだ」

でも、と陽太が反論しかけた時、珠子が大きな声で言った。

「あー、なんか喉渇いちゃった。陽太、人数分買ってきて」

唐突に話を振られた陽太がきょとんとするうちに、珠子は財布《さいふ》から千円札を出して陽太に押しつけた。

「えーっ、ちょっと珠子先輩！」

「北留さんはウーロン茶ですよね！」

珠子は陽太を無視して北留を振り返った。北留は何か言いたそうだったが、にこにこする珠子に仕方なさそうに吐息を漏らした。

「車にいるよ」

北留がヒカリ運輸のトラックに戻るのを見送って、珠子はくるりと悠貴と美久の方を向いた。

「君たちは何飲みたい？」

「そんな、私たちは——」

「いいのいいの気にしない。陽太、おまかせでよろしく！」

辞退しようとする美久を明るい笑顔で黙らせて、珠子は「行ってらっしゃーい」と陽太の背中を押した。どこまでもマイペースである。

陽太がコンビニに入るのを見届け、珠子は改めて美久たちに向き合った。

「さて、順番逆になっちゃったね。あたしは珠子。陽太と同じ大学で、バイト先の先輩です。君たちは陽太の友だち？」

はい、と悠貴がよそ行きの笑顔で微笑んだ。

端整な顔立ちに浮かぶ柔和《にゅうわ》な笑みに、珠子の頬が赤らんだ。

「ちょ、ちょっと……こんな恰好いい友だちいるなら何で先輩に紹介しないかな」

陽太めー、とブツブツ言うのは照れ隠しだろう。コホン、と咳払いして珠子は表情を引き締めた。

「それで君たち、ひょっとして先週のこと調べてる？」

「ご存じなんですか？」

悠貴が質問に質問で返したのは、調査を知られたくない依頼人もいるからだ。抽象的に訊くことで珠子が事件についてどの程度知っているか探るところも巧《うま》い。

珠子は神妙な面持ちになった。

「知ってるも何も、あたしもその日の午前中に北留さんとまわってたから。ちょっと時間がずれてたら、あたしがあの荷物を運んでたかも」

「じゃあ珠子さんはカワナミサキ宛ての荷物を見たんですね？」

「ううん」

「北留さんはどうでしょう？　荷物について何か話していませんでしたか」

「見てるはずないよ」

「ずいぶんはっきりおっしゃるんですね」

悠貴が言うと、珠子は眉を八の字にした。

「だって……、その荷物をトラックから降ろして陽太に渡したの、あたしだから」

「えっ？」

美久は目を瞬いた。配達は二人体制だと先ほど陽太から聞いたばかりだ。

一体どういう状況だろう？　尋ねるより先に珠子が溜息まじりに答えた。

「午前中のシフトの時、あたしトラックに財布忘れちゃって。配送ルートはわかってるから先回りして待ってたんだ。それで財布探してもらって、そのお礼に荷下ろしを手伝ったわけ。このマンションの配達は一軒だけだったし、陽太に渡した荷物はカワナなんて名前じゃなかったよ。川端《かわばた》とか川北《かわきた》とか、そんな感じだったけど」

「間違いありませんか」

悠貴が確認すると、珠子は頷いた。

「宅配便出す時って伝票書くでしょ？　あそこにバーコードがついてて、荷物の情報は全部センターで管理されるの。どこで預かって、いつ集配して、誰が配送に出たか、全部わかる。データは本部にあって勝手に書いたり消したりできないし」

荷物を配達する珠子たちもハンディターミナルと呼ばれる端末を使って伝票のバーコードを読み込むという。宅配便の荷物追跡サービスで、『配達終了』や『留守《るす》のため預かり』などのリアルタイム情報が見られるのは、そのおかげだ。

「陽太に荷物を渡す時と再配送の手続きする時、二回ともあたしがハンディターミナルで入力したから忘れないよ。あの荷物は絶対カワナなんて名前じゃなかった」

〈女の死体〉を目撃した陽太は、驚いて荷物を投げ出して逃げた。のちにその荷物を確認すると、伝票の宛名はカワナではなく、部屋番号も違うまったく別人のものとわかった。

カワナミサキ宛ての荷物は存在しない。

手がかりを探すつもりが、珠子の話はそれを裏付ける形となった。

悠貴が首を傾げた。

「栗林さんはなぜこんな勘違いをしたんでしょう？　再配送の時は栗林さんが伝票のバーコードを読み込んだはずですよね。登録されていない荷物ならバーコードを読み込んだ時にエラーが出ませんか？　端末に表示される情報と荷物の宛名が違えば気づくはずですし、見落とすとも思えません」

「チェック前だったんじゃない？　陽太、研修の時から北留さんとまわってたから。北留さんって配達先に着いても家の人が出てこないと読み込みしないんだよね。荷物を受け取ってもらえないと入力をやり直さないといけないから。陽太もそのやり方で配達してるんじゃないかな」

「そうだとしても現実にカワナ宛ての荷物は存在しません。珠子さんも北留さんも見てない上に、データにもない。見たと主張しているのは栗林さんだけです」

珠子が表情を曇らせた。

「君、陽太の言ってること信じてないの？」

「合理的に説明がつくことを探しているんです」

悠貴は落ち着いた口調で言い、少し考えてから珠子を見た。

「ドライバーの方は朝からずっとトラックにいるんですね？」

「うん。仕事上トラックから離れられないっていうか」

「北留さんはどんな方ですか？」

「どんな？　うーん、勤続十年のベテランドライバーだよ。道路状況とか抜け道をよく知ってて、あの顔で安くて美味しい店を結構知ってるの。口数は少ないけど、北留さんと組むと美味しいものが食べられる、ってバイトの間じゃ人気だよ」

それより、と珠子は悠貴と美久に詰め寄った。

「北留さんより陽太だよ。あいつ、本当に大丈夫なの？　変なもの見たって言った日からずっと様子が変だよ。事件を調べて気が晴れるならいいけど、ちゃんと寝てるのかな……君たち何か聞いてない？」

陽太は脅迫を受けていた。脅されて〈女の死体〉を探している、と珠子に話すことはなかっただろう。

「いえ、僕たちも詳しいことは」

悠貴が言葉を濁すと、珠子は目に見えて落ち込んだ。

「……元気づけたかったのに、何でこんなことになっちゃったかな」

「珠子さん？」

珠子は目線を上げ、打ち明けるように言った。

「このバイトに陽太を誘ったの、あたしなんだよね。陽太、部活辞めてからずっと塞ぎ込んでたでしょ？　全然平気って顔してたけど、簡単に割り切れるものじゃないよ。だから気分転換になればと思った。うちの会社って職場の雰囲気もすごく良いから、いろんな人と話すうちに陽太も元気になるかと思って。でも……逆効果だったかも。このバイト体力的にはきついから、ストレスになってたのかな」

珠子の瞳が不安げに揺れた時、トラックの方から「おーい」と声がかかった。

北留が腕時計を見る仕草をした。その隣にはコンビニの袋を提げた陽太がいる。

珠子はそちらを一瞥《いちべつ》して、真剣な眼差しを美久たちに向けた。

「陽太のこと、気をつけてやって。事件のことはわからないけど、陽太の心がすり切れそうなのはわかるよ。悩みがあるなら相談に乗ってあげて。あたしにできることなら協力するから」

言いながら胸ポケットからメモ帳とボールペンを出し、珠子は電話番号とＳＮＳのアカウントを書きつけた。手渡されたメモから陽太への思いやりが伝わってくるようで、美久は心を打たれた。

「珠子さん、本当に栗林さんのことを気にかけてるんですね」

「まあ、先輩だし。それに気になるんだよね、陽太のこと」

「えっ？」

美久が目を瞬くと、珠子は苦笑いした。

「違う違う、変な意味じゃなくて。昔、すっごいダメな人がいたの。その人は助けてあげられなかったから……陽太にはそんなふうになってほしくなくて」

噛みしめるように呟いて、珠子は大きく息を吸った。

「さて、行かなくちゃ。陽太のことよろしくね！」

美久は颯爽《さっそう》と駆けていく珠子に手を振り、顔をそちらに向けたまま悠貴に囁いた。

「部活辞めたって……栗林さん、何かあったのかな」

「さあな。今は栗林より事件のことだ」

悠貴はスマートフォンを操作しながら美久から離れた。スマートフォンを耳にあてすぐ通話に切り替わったようで、「秋月《あきつき》か」と電話口に言うのが聞こえた。

秋月君って、生徒会の？

悠貴の同級生で、書記を務めていたはずだ。

美久が眺めていると、悠貴は三十秒と経たず戻って来た。気のせいか、終話ボタンを押す間も電話の向こうから秋月の声が響いていた気がする。

「電話、秋月君？」

「ああ。秋月は無駄《むだ》知識の宝庫だからな。女子校のことなら所在地、偏差値、校風、何が流行ってるかとか、どうでもいいことを恐ろしくよく把握《はあく》してる」

「そ、そうなんだ……」

すごい特技だが、素直にすごいと言い難い才能である。

「だけどその秋月君と今回の事件に何か関係あるの？」

不思議に思って尋ねると、悠貴は肩を竦めた。

「二十代前後、清楚系ファッションとブランドのクオーリ、渋谷周辺で思い浮かぶことがないか訊いたら、即答で櫻台《さくらだい》女子大を挙げた。ここから二駅先にある大学だ。いくらなんでもこんな手がかりで特定できるわけない、と疑ったんだが」

副会長ー、わかってないなあ、とダメ出しされたらしい。

秋月の話によると、女子大生のファッションは校風で左右されるという。名門と謳《うた》われる大学ではカジュアルなものよりフェミニンなものが、国際交流が盛んなら海外のカジュアルブランドやデニムなど、ラフな服装が好まれる。私立か国立かによって服装にかけられる金額も違うので、通学範囲と服装がわかれば、ある程度当たりがつくというのだ。さらに大学ごとに流行るブランドが異なり、個性よりお揃いを大事にする女子大生の間では、一度流行り出すと全員が同じブランドを持つ傾向にあるという。定番のプラダやコーチだと判断に迷うけど、クオーリで渋谷近くとくれば櫻台女子しかない！　——と、悠貴顔負けの分析力を発揮した次第である。

そのあとも櫻台女子を絞り込んだ理由を延々語っていたが、悠貴は面倒になって通話を切ったようだ。

「あいつの無駄知識が役に立つ日が来るとはな」

不本意そうに言うのは最大の賛辞だろう。

その時、陽太が小走りにやってきた。

「すいません、お待たせしました」

陽太は手に提げたコンビニ袋から緑茶のペットボトルを二本取って差し出した。

「これどうぞ」

「あっ、珠子さんにお礼！」

　美久は慌てて通りを見たが、珠子を乗せたヒカリ運輸のトラックはすでに走り出していた。

「飲み物のお礼、言いそびれちゃった……」

「あの人、自分の用件ばっかかですからね。明日俺から伝えておきますよ」

　苦笑いする陽太に礼を言って、美久はペットボトルを受け取った。そのうちの一本を悠貴に渡す。悠貴はよそ行きの笑顔で陽太に礼を言ってから訊いた。

「栗林さん、配達地域のことを伺いたいんですが、担当地域に大学はありますか？」

「あるよ。赤沢大《あかざわだい》と日学院《にちがくいん》と櫻台女子」

　櫻台女子。秋月が挙げた大学だ。

　美久がはっとして悠貴を見ると、悠貴は目で頷いて陽太に顔を戻した。

「少し気になることができたので、僕はそちらを調べてきます。栗林さんは小野寺と周辺の聞き込みをお願いします。カワナミサキの顔がわかるのは栗林さんだけですし、事件以前に不審な人がいなかったかも併せて訊いていただけますか」

「わかりました」

五時に駅前のコーヒーショップで落ち合うことを決め、悠貴と別行動となった。

悠貴は離れる前に、美久に釘を刺すのを忘れなかった。

「人通りがあるから心配ないと思うが、くれぐれも栗林から離れるなよ。不審な奴を見かけても深追いしなくていい。少しでも危ないと感じたらすぐその場を離れろ」

全容の知れない事件だ。注意しすぎるということはない。

美久は深く頷いた。

3

悠貴と別れると、美久と陽太はすぐに聞き込みに乗り出した。初めはマンションの住人から話を聞こうとしたのだが、いくら待っても人が来ない。マンションは単身者向けで帰宅が遅い、と不動産会社の男が話していたのを思い出したのは、少し経ってからだ。それから聞き込み先を商店に移し、店員や買い物袋を提げた人に声をかけたが、結果は芳しくなかった。

一時間ほど訊いてまわったところで、陽太が通りを歩きながらうめいた。

「カワナミサキを見た人、いませんね。やっぱり写真がないと厳しいか……」

前髪ぱっつんの、顎にホクロのある二十歳前後の女性。これだけの情報では訊かれた方も確信を持てないようで、皆怪訝な顔をするばかりだ。目撃者を見つけることはできなかった。いや、目撃したかどうかあやふやな人が多い、というべきだろう。

「知り合いなら別だけど、たまたま見かけた人の顔は意識して覚えないよね」

「それ以前に先日パトカーが来たのを知ってる人が少なすぎるんですよ。俺の地元だったら一週間くらい大騒ぎなのに、なんでこんな無関心かな」

美久と陽太は揃って溜息を吐いた。

だが仕方のないことかもしれない。様々な地方から来た人が、様々な事情で、一人馴染みのない土地で暮らしている。地元でも、友だちが住んでいるわけでもない。家には寝に帰るようなもので、まわりに暮らす人のことを気にかけることもないだろう。事件が起きても、それを教えてくれる人がいないのだ。

「でも俺も……忘れただろうな」

陽太がぽつりとこぼした。

「脅迫がなかったら、あの部屋で見たことはさっさと忘れたと思います。疑問はあっても、バイトとか授業に追われて。そのうち『あれは何だったんだろう』くらいで片付けた気がする。きっとそんなものなんでしょうね」

人は、忘れる。恐ろしい事件も、耳を疑うような出来事も、時間と共に記憶が薄れてしまう。自分に関係のないことならなおさらだ。誰もが自分や大切な人以外のことにさほど関心を抱かない。

「俺が何を目撃してどう困ろうが、世の中からすればどうでもいいですよね」

力の抜けた声がかえって美久の心に突き刺さった。どうして誰も見てないんだ、と怒るでもない。捨て鉢な、虚《むな》しい声。

「珠子さんは気にするよ」

気がつくと美久はその名を口にしていた。後輩を思う珠子の真摯《しんし》な眼差しを思い出し、美久は一層強くそう思った。

「珠子さん、本当に栗林さんのこと気にかけてた。栗林さんの前ではマイペースというか、明るくしてたけど、それはきっと珠子さんなりの気遣いで」

「わかってます」

陽太は小さく笑って、天を仰いだ。しばらくそうしていたが、やがて口を開いた。

「俺、去年まで野球してたんです。ガキの頃からずっと。結構注目されてたんですよ。うちの大学、野球の強豪校だし。でも俺は……肩を壊して。それで全部終わりです」

何の感傷もこもらない声だった。

「野球辞めると恐ろしく時間があるんですよ。試合も、朝練も、筋トレも、道具や体のメンテも全部なくなって。なんか……目標とか、やることもやりたいことも何もなくて。俺、何して生きてたんだっけって。毎日ぼーっとしてました。他にすることなくて。どうしていいかわからなくて」

まだ現実を受け入れ切れていないのかもしれない。陽太の口調は自分の現状を不思議がっているようにも聞こえた。その声に、ふと苦笑が滲んだ。

「そしたら珠子先輩ですよ。選択科目で一緒だったんですけど、夏休み前にふらっと来てこう言ったんです。『お兄さん、良い体してるねー、うちでバイトしない？』って」

「えっ⁉　す、すごい勧誘ですね……！」

美久がびっくりすると、陽太も笑った。

「何かと思いますよね。話を聞いたらこのバイトだったんですけど。宅配って結構力仕事なんです。紙一枚から冷蔵庫まで何でも運びますから。どうせ暇なら社会勉強、お金も稼げるし、お金があれば遊びたい放題よって」

半ば強引にバイトに駆り出された陽太だが、やってみると悩む暇のないほど大変な仕事だとわかった。限られた時間内での荷物の仕分けや配達。フィジカル面はもちろん、円滑に進めるにはシフト仲間とのチームワークも大切だった。

「とにかく忙しくて、考える暇もないくらい毎日くたくたで。……俺にはそれが良かったんだと思います。最近になって少し気持ちに区切りがついてきました。おせっかいだけど、珠子先輩には本当に感謝してます」

陽太の顔に苦笑いとは違う笑みが浮かんだ。尊敬と慈しみのまじった、はにかむような微笑み。その優しい表情に美久は相好を崩した。

「すてきな先輩ですね、珠子さん」

「本当におせっかいですけどね。人の話聞いてないし、あれでもうちょっと——」

ふと陽太が声をとぎらせた。その視線は通りに向いている。

何を見ているのだろう？　美久は通りを見た。夕方時とあって商店街に続く道には往来がある。陽太の視線は一人に注がれていた。

胸に届く髪と切りそろえた前髪に、楚々《そそ》とした服装の大人しそうな女性だ。

「——あの人」

「え？」

「あの人だ、死体の人！」

はっとして美久が通りに目を向けた瞬間、女性が陽太に気づいて立ち止まった。次の瞬間、彼女は身を翻した。

「待て！」

陽太が飛び出した。一瞬遅れて美久も走り出す。運動部にいた陽太なら簡単に追いつけるかに見えたが、それは直線での話だ。繁華街に入ると人が障害物になり、まともに走ることができない。女性の姿が歩行者に隠れて見失いそうになる。

だけどこっちは二人！

一人が見失っても、もう一人からは彼女が見える。見失わずに人通りの少ないところへ出れば、いくらでも追いつける。陽太がいる分、人数的にも体力的にもこちらが有利だ。

と、歩行者の間から女性の姿が見えた。

追いつけるかも！　美久が距離を詰めようとした時、いきなり目の前に人が現れた。ぶつかる直前で、つんのめるようにして何とか堪える。

「すみません！」

言い置いて男の横をすり抜けようとすると、体で進路が塞がれた。

えっ？　美久は怪訝に思って顔を上げた。細面《ほそおもて》の男だった。その視線がじっと美久に注がれる。

この人、たまたまぶつかりそうになったんじゃない、わざと道を塞いでる——

わかった瞬間、血の気が引いた。警戒心が跳ね上がる。

「やっと戻ってきたな」

男が低く言った。落ち着きなく周囲に視線を走らせ、早口に続けた。

「いつもの場所にいないのは何でだ、場所変わったのか」

「……？」

何の話……この人、栗林さんを狙ってるんじゃないの？

美久は困惑した。状況からして昨日マンションに現れた何者かの一人だと思った。

陽太と一緒にいた自分に気づき声をかけてきたのだろう、と。しかし何かおかしい。

男は陽太を探しているようではないし、それに『いつもの場所』とは何のことか。

「何だよ、何とか言えよ」

男が尖った声を上げた。苛立った様子で爪を噛む。

だが美久は答えられなかった。男の言うことがわからない。

答えられずにいると、業を煮やしたように男が手を伸ばした。

「おい、何とか言え！」

摑まれそうになった瞬間、いきなり美久の体が後ろへ引っ張られた。

「はい、そこまで」

誰かが美久の後ろから腕をまわし、軽い調子で言った。ふわりと洋酒のように甘く華やかな香りがした。驚いて美久が首をめぐらせると、三連のピアスが光るのが見えた。精悍《せいかん》な横顔に、アッシュブラウンの髪――

「聖君⁉」

ぎょっとして声を上げると、聖は悪戯っぽく笑って、正面に視線を戻した。

「お兄さんさ、初対面で何だけど俺の連れに気安く声かけないでくれる？」

つーかさ、とへらっと言って、その声が別人のように低くなった。

「二度と近づくな。次見たらぶちのめすぞ」

底光りする聖の目に気圧され、男の足が後ろへ下がった。反抗するように睨み返したのも一瞬、男は、チッ、と舌打ちを残して人ごみにまぎれた。

美久は啞然としてその様子を眺めた。今の人は何だったんだろう。

「怪我ないか？」

横から顔を覗き込まれ、美久は我に返った。

「う、うん、ありがとう」

そう言ってから、はっとした。

「大変、栗林さん！」

美久は聖から離れて繁華街を見回した。陽太の姿はどこにもなかった。死体の女性どころか陽太まで見失ってしまった。脇道に入ったのか、商店街を抜けたのか。どこへ行ったか見当もつかないが、陽太を一人にするわけにはいかない。

「急いで追いかけないと……！」

駆け出そうとする美久を聖が止めた。

「ほっとけよ」

「だけど栗林さんを一人にできない！」

「ほっとけって」

冷たい言葉に美久はむっとした。

「栗林さんは誰かに狙われてるんだよ！」

「狙われてるのはお前だ」

「えっ？」

視線を返すと、聖が静かに繰り返した。

「昨日いた奴らが探してたのはハルタじゃない、美久なんだよ」

言葉が頭に入らない。確かに耳にしたのに意味を摑めないまま抜け落ちる。

「……どうして」

辛《かろ》うじて言えたのはそれだけだった。

「説明する。そこで話そう」

聖が顎で駅の方を示した。駅前に小さな広場が見える。猫の額ほどの小さな空間だが、ケヤキやツツジの間に金属製のモニュメントがある。ロータリーの中ほどに位置するせいか、人の姿はほとんどない。聖がそちらに歩き出すのを見て、美久は慌てた。

「待って、その前に栗林さんと悠貴君に連絡させて」

「あっちですれば。ここうるさいだろ」

聖の言う通りだ。繁華街の賑わいと雑踏《ざっとう》で通話の声が聞き取りにくい。落ち着いて電話ができそうなのは、あの広場くらいだろう。

美久は少し逡巡《しゅんじゅん》して、スマートフォンを握り締めて聖に続いた。

周辺の建物が明るいせいか、緑の茂った小さなスペースはやや薄暗く感じられた。駅への通り道に使う人はいても足を止める人はいないようで、電車が去ると人の流れもぱたりと途切れた。

美久は昨日登録したばかりのアドレスを開いて電話をかけた。数コールと待たず通話に切り替わり、電話口から陽太の声が響いた。

「よかった、俺も電話しようと思ってたんです」

元気そうな声に美久は胸をなで下ろした。

「すみませんはぐれて。それで、あの女の人は？」

「見失いました……本屋の前まで追えたんだけど」

「気にしないでください、栗林さんが無事でよかった」

美久は心から言って、口調を改めて言葉を続けた。

「少し早いですけど、待ち合わせのカフェに向かってもらえますか？　私もこれから向かうので——はい、そうです、南口の」

場所を確認すると、すぐ向かうと約束して通話を切った。次は悠貴に連絡だ。悠貴の名をタップしようとした時、不意に手からスマートフォンを抜き取られた。

「えっ⁉　ちょ、ちょっと！」

聖が美久のスマートフォンを手にしていた。取り返そうと美久が手を伸ばすと、すぐに手の届かない位置に持ち替えられてしまう。

「聖君！」

ふざけてる場合じゃないのに、どうしていつもこうなの！　美久はキッと聖を睨んで叱りつけようとした。ところが、

「——ごめん」

聖が神妙な顔つきで言った。からかう様子もふざけている気配もない。本当に悔しそうに眉を顰め、唇を噛みしめた。いつも飄々として、明るい聖からは考えられない表情だ。

「こっち関係の事件で俺がミスるなんて……ずっと勝ち続けてきたんだ、こんなのあり得ねえ。焦ってたのかもな」

「聖君……？」

「美久、お前はハルタの事件を追いかけてると思ってるだろ。でもそれと同時にまったく別の事件に関わってるんだ」

「えっ？」

「月のアクセサリー、持ってるか」

唐突に言われ、美久は目を瞬いた。遅れてイヤーカフのことを思い出す。

「う、うん」

肩から斜めがけにしたバッグを探って、ハンカチにくるんだアクセサリーを取った。聖を見かけたら返そうと思っていたのだ。傷がつかないように巻いたハンカチを解《ほど》くと、月のチャームにちりばめられた宝石と繊細な飾りがきらきら輝いた。

聖は無言でそれを眺め、手を伸ばした。

「美久が狙われたのはこれのせいだ。さっきの男も、昨日美久がこれをつけてたのを見て声をかけてきたんだ」

「どういうこと……？」

話の筋が見えない。困惑して視線を返すと、聖の顔がくしゃりと歪んだ。その顔が一瞬泣きそうに見えて、美久は動揺した。思いがけず脆《もろ》い一面を目撃してしまったようで、どう言葉をかけていいかわからなくなる。

「今年の頭までこの辺の大学と予備校にドラッグが出回ってたの知ってるか？」

何かが記憶に触れたが思い出せなかった。美久が頭を振ると、聖は話を続けた。

「ドラッグは金になるから、でかい組織が仕切ってる。そこに所属しない奴は、みかじめ料を払って商売するのが通例だ。けど、出所のわからないドラッグが出回った。今年の一月くらいまでのことだ。日学院、東郷塾《とうごうじゆく》、赤沢大、等々力《とどろき》ゼミ、学生とか予備校生の間で同時多発的に広がったらしい」

聖は息を吐いて言葉を継いだ。

「ちょっと手こずったけど、ドラッグを売ってた奴の情報を摑んだ。輿水《こしみず》って女だ。二年生、寮暮らし。休日も大学図書館で過ごす地味な奴で、夜遊びどころか、友だちもいねえ。買い物も通販で済ませるような引きこもりだ」

暴力団や危険な組織とも繋がりのない、普通の大学生。それがどうしてそんなことに手を染めたのか。第一、どこでそんなものを手に入れたのだろう。

疑問が顔に出ていたのか、美久の顔を見ると聖は首を横に振った。

「詳細はわからねえ。輿水は学内でドラッグを渡すところを見つかって、退学処分と前後して行方《ゆくえ》をくらました。去年の九月のことだってよ。薬の入手ルートも元締めのことも聞き出しようがない。俺が輿水の話を聞いた時には遅すぎたんだ」

聖は指が白くなるほどきつくイヤーカフを握り締めた。

うつむいたその顔に悔しさが滲む。聖は本気でその事件を追っていたのだ。本気で解明しようと心血を注いできたに違いない。

「——輿水に聞くことができないなら、本人になりすますのが一番だろ」

「……え？」

「輿水は外でドラッグを売る時、目印に必ずあるものを身につけてたんだよ。……この月のアクセサリーをな」

美久は驚きのあまり口がきけなくなった。唖然として視線を返す美久に聖は淡々と話を続けた。

「調べに調べてメーカーを特定したから、間違いない。もう一つの目印に真っ青な紙袋を持ってたこともわかった。――同じ紙袋と耳飾りをつけた女が、輿水がドラッグを売ってたルートに現れる。そうなれば関係者は黙ってないだろ。必ず、動く」

「じゃ、じゃあ、昨日一緒に町を歩いたのは」

「ああ、美久を囮《おとり》に使った」

聖はあっさり認めた。不思議と怒りは沸いてこなかった。ショックだった。ショックだが、聖ならやりかねないという思いもあった。

「美久は年恰好が近いから、輿水の役にちょうど良かったんだよ」

「だから私に用があるって言ったの……」

「そうだよ。で、案の定釣れた。マンションに二人組の男がいただろ」

五〇五号室の前にいた鋭い目つきの会社員風の男のことだ。

考えてみれば、あの二人は陽太に注意を向けなかった。初めから美久に視点を合わせ、「話がある」と強引に連れて行こうとした。

「あいつらは我妻会の下っ端だ。我妻会ってのは、この一帯を仕切ってる裏の奴らだよ。美久とハルタを先に逃がしたあと、俺は二人と話をつけた。結論から言うと我妻会も輿水がどこで『商品』を仕入れたか探ってただけだ。月のチャームの女が違法な薬を売ってるのを我妻会が知ったのは今年になってからなんだと。で、その女がまた現れたと思った。自分のシマで他人が商売したら、そりゃ怒る」

我妻会は美久を輿水と勘違いし、情報を吐かせようと接触してきたのだ。

状況を理解して、美久は呆然とした。

知らないうちにそんな危険なことをさせられていたのかと思うと、身の凍るような恐怖を感じ、腹の底から怒りを覚えた。だが美久は訊かずにはいられなかった。

「どうして……、そこまでしてどうしてその事件を調べてるの？」

飄々として、人を食ったようなことを平気でする聖がこんなにも真剣に事件を追っている。前回もそうだ。聖は違法薬物の模造品を用意して何か探ろうとしていた。一体何がそこまで聖を駆り立てているのか。

「……終われねえんだよ。この連鎖を止めないと前に進めねえ」

まるで自分に言い聞かせるように呟くと、聖は口調を切り替えて言った。

「怖い目に遭わせて悪かったな。さっき美久に声をかけてきた男はドラッグの買い手だろ。スマホで顔を撮ったから、あとは俺が調べる」

訊きたいことがまだあったが、もう訊いても答えてもらえない気がした。それに今の言葉で何かがひっかかった。我妻会。部屋を見張っていた二人組——記憶を辿り、美久ははっとした。

「そうだ、スタンガンの人！　マンションでエレベーターから出てきた人は私じゃなくて栗林さんを狙ってた！」

二人組の目的は確かに美久だったかもしれないが、スタンガンの男は迷わず陽太に襲いかかった。少なくともあの男は我妻会の人間ではないのだ。

その事実に美久は興奮したが、聖は冷めた様子で髪を掻き上げた。

「ああ、あれが何者かはわかんねえな。我妻会はあの二人だけだ。非常階段を見張ってないし、スタンガンの男なんて送り込んでねえって。だから俺は美久を迎えに来たんだ」

「えっ？」

精悍な顔つきに先ほど見せた脆さは微塵もなかった。強い眼差しが言う。

「昨日狙われたのはハルタだ。けど、その襲撃に居合わせた美久も同じだけ危ない状況にある。ハルタの事件に美久を巻き込んだのは俺だ。放っておけないだろ」

散々危ない目に遭わせておいて何をいまさら――そう思って、美久は気づいた。

月のチャームを身につけていた時、聖は片時も美久のそばを離れなかった。囮として使う一方で、必ず手の届くところにいた。本当に危ない目に遭ったのはスタンガンの男と出くわした時だ。

「昨日言ったろ、約束は守る」

――ちょっと危ないかもしれないけど、俺がいるから心配するな。

聖は、危険など初めから承知していたのだ。承知の上で美久を巻き込み、守り切ると決めていた。

冷酷で親切で。乱暴で優しく。デリカシーがなく、平気で酷いことをする。

それなのに、時として自分の身を顧みず助けてくれる。

そんな聖の一面を美久は知っている。だが聖についていく気にはなれなかった。

「私は平気」

今の話が本当なら、自分より陽太の方が遥かに危険だ。正体不明の何者かに狙われているのだ、急いで陽太と合流して悠貴に知らせなければ。

しかし聖も譲らなかった。

「平気じゃねえだろ、自分がどれだけヤバい状況にいるかわかってんのか？」

「それは栗林さんもだよ」

「もともとあいつの事件だ」

「そんなの関係ない、今危ないのは私より栗林さんでしょ！」

「ハルタはお前よりずっと力も体力もある。いざとなったら自力でどうにかできる」

「だけど、」

聖は美久に最後まで言わせなかった。距離を詰め、腕を取ろうとする。

「行くぞ」

「いい、聖君が一番危ない……！」

美久が後退《あとずさ》りすると、聖は愉快そうに笑った。

「わかってるじゃん。俺のところが世界一安全だってことだろ？」

一番危ない人――つまり、それ以上に危ない人はいないのだから、どこよりも自分のそばが安全だという論法だ。

「む、むちゃくちゃ……！」

「ほら、来いよ」

怯んだ美久に聖が言った時、聖の背後から声が響いた。

「無関係な人間を平然と事件に巻き込む奴のどこか安全なんだ？」

闇に馴染む黒髪に、すらりと均整の取れた体軀。顔立ちは柔和だが、眼鏡の奥の目は理知的で強さを秘めている。

悠貴が冷めた目で聖を睨んだ。

「詭弁《きべん》を使うならもう少し説得力のあることを言え」

「悠貴君！」

美久が声を弾ませると、聖がうるさそうに後ろの悠貴を振り返った。

「詭弁ねえ。ただの事実だろ？　俺といる方が美久は安全だ。それとも、てめえに何かできたか？　誰か守れたことあったかよ」

挑発的な言葉になじるような響きが滲む。しかし悠貴は眉一つ動かさず、呆れた調子で言い返した。

「どうして俺が守らないといけないんだ？　逃げる必要も隠れる必要もない。栗林の脅迫事件ならお前が油を売ってる間に解明した」

「何？」

「言葉の通りだ」

眉を顰める聖を尻目に悠貴は美久を見た。

「おい、雑用係。さっさと戻ってこい」

「雑用!?」

ざ、雑用係って私のこと……!?

「余計な手間をかけさせるな」

釈然としないものを感じながら、美久は聖の横をすり抜けて悠貴のもとへ向かった。

聖はその様子をつまらなそうに眺めて言った。

「ケッ、じゃあその解明っての聞かせてもらおうか。大した名推理なんだろうな」

「知りたければ勝手に来い。今から一時間後、事件のあったマンションだ」

話は終わりだ、と言うように悠貴は冷ややかに聖を見た。

沈黙が重たくのしかかる。

やがて聖は鼻を鳴らし、美久にスマートフォンを投げ返した。踵《きびす》を返して繁華街の方へ歩いていく。

聖が十分離れたところで美久は恐る恐る悠貴を見た。

「悠貴君――」

言いかけると、きつい眼差しで睨まれた。

「栗林から離れるなと言ったのに一人で何やってるんだ！」

「こ、これには」

わけが、と言いかけて、美久は言葉を呑み込んだ。

陽太とはぐれた理由を話せば、聖が自分を囮に使って何か調べていたことも話すことになる。そんなことをすれば悠貴と聖はますます険悪になる。

中途半端に事情を説明しても、追及されれば嘘の下手な美久は顔に出る。

悠貴がそれを見逃すわけがなかった。

「ごめん……」

約束を守れなかったのは事実だ。美久が素直に謝ると、悠貴は小さく溜息を吐いて歩き出した。

「栗林と合流するぞ」

「そういえば……さっき言ってたこと、本当？　事件を解明したって」

「ああ」

美久は目を丸くした。

悠貴と別行動になって一時間半ほどしか経っていない。この短時間にどんな手がかりを摑んだというのか。

悠貴が何を見つけたのかわからなかったが、自信に満ち溢れた表情に、美久は一つだけ確信した。

悠貴君には、脅迫事件の謎が解けている。

第四話

ラスティネイルiii

1

秋の日暮れは短い。日没と共に薄青い空は濃紺へ変わり、空気もひんやりとしてくる。午後六時前。陽太と合流した美久と悠貴は、マンション・ポパイへ向かった。

これから戻ってくる住人を出迎えるように単身者向けのマンションのエントランスや廊下には煌々と照明がついている。

美久は少し先を歩く悠貴の顔を窺った。

事件は解明したって言ってたけど……。

相変わらず悠貴は最低限のことしか明かさない。謎が解けたというのだから犯人の目星《めぼし》がついているのだろうが、美久には見当もつかなかった。

一体、栗林さんを脅迫したのは誰なんだろう？

陽太の家族を盾に、〈女の死体〉を探せと迫った男。脅迫までして陽太に探させたのだ、昨年の事件に関係する人物に違いない。それも世間には知られてはならない、後ろ暗い秘密があるはずだ。

そこまで摑めたものの、美久の知る限り新たな手がかりはなかった。

事件の謎を解く鍵である〈女の死体〉を演じた女性にも逃げられてしまった。わかったことといえば、部屋の前にいた二人組が我妻会だったことくらいだ。しかし、こちらは聖の介入で別の思惑《おもわく》を持った人を引き寄せていただけで、脅迫事件とは関係ない。スタンガンの男や非常階段の人物については依然不明のまま。

まだわからないことだらけだけど……でも、悠貴君は全部わかってる。

不確かなことの多い今回の事件にあって、美久はそれだけは確信した。

五階でエレベーターを降り、廊下を進んだ。先頭を歩いていた悠貴が五〇五号室の前で足を止め、ドアノブに手を伸ばした。

鍵のかかっているはずのドアが難なく開くのを見て、陽太が目を丸くした。

「さっき来た時、鍵がかかってましたよね！　どうやって⁉」

「頼んでおいたんです」

「さすがエメラルドの探偵……」

行きましょう、と悠貴は陽太に微笑んで玄関をくぐった。美久と陽太は顔を見合わせ、悠貴に続いて部屋に入った。

部屋は昨日訪れた時と何も変わっていなかった。家具のない、がらんとしたワンルームの窓辺から血のように赤いネオンが差して室内を仄赤く照らしている。

部屋を見回して美久は首を傾げた。

聖君はいないんだ……？

先に来た聖が鍵を開けたのかと思ったが、そうではないようだ。隠れて話を聞く性分ではないので、まだ来ていないのだろう。

陽太がきょろきょろとあたりを窺いながら悠貴に訊いた。

「さっき犯人がわかったって言いましたよね。これからどうするんです？」

「待ちましょう。六時に来るはずです」

「そ、それって脅迫犯がここに来るってことですか⁉」

悠貴は意味深に微笑んで窓辺で足を止めた。

「そろそろですね。栗林さんもこちらに。そこだと暗いでしょう」

陽太は驚いた顔で悠貴を見つめ、頭を振った。

「いや、俺はこっちにいます。犯人に逃げられると困るんで」

言いながら部屋の隅へ向かった。戸口からは死角になる位置だ。部屋に入って来た人はまず気づかないだろう。

悠貴は困ったような表情を浮かべたが、無理強いをしなかった。

「話をするだけなので、襲ってくるようなことはないと思いますが……くれぐれも危ないことはしないでください」

陽太が硬い表情で頷いた。

美久は悠貴のそばへ行くと、窓の外に目を向けた。建物の下にある道路は見えなかった。薄暗い室内にパチンコ店のネオンの光が眩《まぶ》しいくらい差している。

どこかで鐘の音が響いた。六時の時報だろう。窓もドアも閉め切っているせいで音楽は遠く、水中で聞いているかのようにぼんやりとしている。音楽が止むと、静けさが一層深くなった気がした。一分、二分と時が過ぎる。静けさに堪えかねて美久が口を開こうとした時だった。

カタン、とドアノブが下がる音がした。

錆びた音を立てて玄関が開き、廊下の青白い明かりが部屋に差し込む。光の中に人影が見えたが、ドアが閉まるとその姿は薄闇にまぎれた。闇より濃い影となったそれが玄関を上がり、こちらへ向かってくる。

その人は赤いネオンの届くところで足を止めた。

「お待ちしておりました」

悠貴が微笑んだ。

無表情に視線を返すその男を見て、美久は息を呑んだ。

「あ、あなたは──」

　中背の四十代の男だ。ネオンに照らされた顔が血を浴びたように赤く染まっている。オレンジ色のヒカリ運輸のユニフォームはまるで燃えているようだ。

「北留さん……⁉」

　陽太が愕然《がくぜん》とその名を呼んだ。

　北留は声で振り返り、初めて陽太に気づいた。

「栗林もいたのか」

「ま、まさかそんな、北留さん……！　あんたが俺を脅迫してたのか⁉」

「脅迫？　栗林お前、誰かに脅されているのか⁉」

「えっ？」

　ずれた会話に北留と陽太が怪訝な顔をすると、悠貴が口を開いた。

「北留さんは脅迫者ではありませんよ。事件に関わられたので、真相が知りたいはずだと思い、僕がお呼びしたんです」

　陽太は腰砕けになり、その場に手をついた。

「脅かさないでくださいよ……！　ああ、でもそっか。俺、北留さんに散々迷惑かけましたよね。死体見たって大騒ぎして、通報で来た警察の対応も助けてもらったし」

「気にするな」

　北留は軽く手を振り、悠貴に向き直った。

「それで、上倉君だったかな。栗林が見たものは何だったんだ？」

　陽太も立ち上がって悠貴を見た。脅迫者が現れるまで待つように言うかと思われたが、悠貴は静かな口調で話し始めた。

「事件は栗林さんがこの部屋で倒れた女性を目撃したことに端《たん》を発します。彼女はなぜ死体のふりをしたのか。なぜ証拠を残さず姿を消したのか。今どこにいて、何が目的だったのか――彼女がキーパーソンであることは間違いありません」

　ですが、と言葉を切ると、眼鏡の奥の瞳がきらりと光った。

「この事件を解く鍵は、なぜ彼女は死体のふりをしたかではありません。な、なぜ栗林さ、い、い、い、い、いが目撃したかです」

「俺……？」

　急に名前を呼ばれ、陽太が目を白黒させた。悠貴は頷いた。

「昨年の十二月、瀬戸圭司という男がこの部屋で刺される事件がありました。彼は血だまりに倒れ、背中にナイフが突き刺さった状態で発見されます。〈女の死体〉――カワナミサキと名乗った女性はまったく同じ状態で倒れていました。明らかに過去の事件を意識したものです。言い換えれば、当時の様子を再現したパフォーマンスと言えるでしょう。栗林さん、パフォーマンスで最も重要なものが何かわかりますか？」

「いや、急に言われても……何だろう……」

「観客ですよ」

「観客？」

「そう、見る者がいなければパフォーマンスは成立しない。あなたはその観客に選ばれた。それこそが事件を解く鍵です」

「えっ……？　ま、待ってくれ、そんなこと言われても俺には何が何だか」

いよいよ困惑した様子で陽太が言うと、悠貴は微笑んだ。

「そうでしょうね。栗林さんは本来の観客ではないのですから。思い出してみてください。あの日、本当は誰がマンションを訪れるはずだったのか」

「当日？　あの日は――」

言いかけて、陽太は声を呑んだ。

宅配の仕事は二人一組で行う。駐車監視員の取り締まりが厳しい配達地域ではトラックを置いたままにできないからだ。だがそれは昼間の話。夕方五時を過ぎると駐車監視員はいなくなり、夜の配送はドライバー一人で行う。

そして、あの日。陽太と共に仕事をしていたドライバーは——

陽太の目が北留に釘付けになった。悠貴が頷いた。

「栗林さん、おっしゃっていましたね。同僚が配達の途中で足をくじいたから残って手伝いをしていた、と。栗林さんは偶然この部屋を訪れたに過ぎません。あなたは目撃者になるはずではなかった。〈女の死体〉を目撃するはずだったのは北留さん、あなたなんですよ」

北留が驚きに目を見張った。

「俺が？　栗林ではなく、俺が狙われてたということか？　なぜ？」

理解できない様子の北留に悠貴は説明した。

「ここは空き部屋、普段は人の訪れることがない場所です。そんなところに架空の荷物を運ばせ、死体を目撃させる。さらに死体を演じた女性は痕跡を残さず姿を消しました。ここまで周到に準備した人間が目撃者を選ばないはずがありません。むしろ、目撃させる人間を決めてから計画を立てた、と考える方が自然です」

誰も来ない部屋で死体のふりをしても意味がない。目撃者が誰でもいいなら、初めからこんな場所を選ばなかったはずだ。〈女の死体〉は、誰に目撃させるかあらかじめ決めていたのだ。

「前にあった事件を模倣して目撃させるなんて……それに何で北留さんなんだ？」

陽太が首を傾げると、悠貴は眼鏡のフレームを指で押し上げた。

「それを理解していただくには、一つお話があります。カワナミサキを探す過程で僕はある大学を調べに行きました。櫻台女子大学、ここから二駅のところにある私大です。聞き込みをしたところ、昨年の九月に退学処分になった学生がいることがわかりました。処分の理由は、校内で危険薬物を所持していたためです」

「えっ？」

美久は驚いて悠貴を見た。先ほど聖から同じ話を聞いたばかりだ。

「寮に暮らす孤独な学生だったそうです。一日の大半を大学と図書館で過ごし、夜遊びに出かけることもない。そんな彼女が売るほどの違法薬物を所持していた……どこでそんなものを手に入れたのか、話してくれた大学生たちも不思議がっていました。彼女がなぜ違法薬物を売っていたのかわかりませんが、今年の初めまで日学院や赤沢大など、周辺の大学や予備校でも同様に違法薬物が出回っていたそうです」

女子大の周辺で聞き込みをしたのだろう。見目の良さに加え、猫をかぶった悠貴の優等生ぶりは堂に入ったものだ。どう話を引き出したか知らないが、端整な高校生の質問に女性なら喜んで答えただろう。案の定、悠貴は詳しい話を知っていた。

「件《くだん》の女子学生ですが、寮の部屋からは不審な人物や場所に繋がるものは何も見つからなかったそうです。交友関係はかなり狭く特定の人としか話さなかったようで、他の人と喋っていたら絶対誰か気づく、と話してくれた方が強く主張していました。女子学生は外出が少ない代わりに荷物がよく届いていたそうですが、こちらは実家の仕送りや大手通販サイトからだったようですね」

この学生って、やっぱり輿水さんのことだ。美久は確信を深めた。

聖は大学生や予備校生の間で同時多発的に広がったドラッグを追って輿水に辿り着いた。しかし調べられたのはそこまでだ。輿水はすでに退学し、それと前後して行方をくらませている。

「大学生たちの話では、赤沢大の大学院でも似たような経緯《けいい》で退学になった男子学生がいるそうです。櫻台女子のケースと同じく、繁華街にくり出すようなタイプではなく、どこで違法薬物を手に入れたのかはっきりしないようでした」

「……やっぱり危険な薬物の出所はわからないんだね」

美久が目を伏せた時、悠貴が呆れたように息を吐いた。

「何を言ってるんだ、これ以上の手がかりはないだろ」

「えっ？」

美久はびっくりして悠貴を見た。

「手がかりって、今の話だけで違法薬物の出所がわかるの……⁈」

「売り子の学生については情報不足だが、違法薬物のルートは予測がつく。櫻台女子の学生の話を思い出してみろ。友人はごくわずか、不審な人物との交流も危ない店にも出入りしていない。つまり、違法薬物を手に入れるために誰かに会ったり、そういう場所に買いに行っていない、ということだ。だったら単純な話だ。違法薬物はこの学生の手元に届けられていたんだ」

「だけど悠貴君……今、不審な人との交流はなかったって言ったよね？　荷物だって実家の仕送りとか、大手の通販サイトのでしょ？　どこにも怪しいところなんて」

「よく考えろ。見ず知らずの人間でありながら堂々と寮に上がり込み、誰にも怪しまれずに出入りできる奴がいるだろ」

「……？」

「届く物は何だって構わないんだ。荷物とユニフォームを着ていれば、誰もそいつを不審に思わないからな」

荷物とユニフォーム。

美久は目を丸くして、オレンジのユニフォームを着た北留を振り返った。

悠貴は口元に笑みを浮かべ、視線を正面の北留に向けた。

「そういうことだ。宅配業者ほど適当な仕事はない――そうですよね、北留さん」

北留の肩がびくっと震えた。

「あなたの担当する配達地域に櫻台女子がありますね。違法薬物の出回ったと噂がある日学院や赤沢大も。あなたが学生たちに違法薬物を届けていたんですね」

なぜ大学生や予備校生の間で同時多発的に出回ったのか。どうして普通の学生たちが売るほどの違法薬物を入手できたのか。そして、どうやって我妻会のような組織の目をすり抜けられたのか――

薬物の方が売り子の手元に届けられていたとすれば、すべて説明がつく。

陽太が唖然とした顔で呟いた。

「ま、まさか北留さんがドラッグを……!?」

悠貴は頷いた。

「そう考えればすべてが繋がります。この部屋の住人、瀬戸圭司は我妻会に刺され、現在意識不明の重体です。彼から話を聞くことはできませんが、実は瀬戸が違法薬物のディーラーだったとわかりました」

「えっ!?」

「新聞には出ていませんでしたが、警察の調査は継続していたんです。話によると、瀬戸の借りているトランクルームから大量の違法薬物が見つかったそうです」

「か、上倉さん、警察とのパイプがあるんですか……？」

感嘆の声を上げる陽太に悠貴は意味深に微笑んだ。

美久は以前刑事が悠貴を頼って店に来たのを思い出した。貸し借りがある様子だったので、きっとあの刑事のことだろう。

悠貴は話を続けた。

「発見された違法薬物の量からして瀬戸が薬物を卸していたのは明らかですが、それがどこなのかは現在も調査中とのことでした。瀬戸は暴力団や暴走族との繋がりがないため、警察も手を焼いているようですね」

ですが、と悠貴は言葉を継いだ。

「違法薬物のディーラーである瀬戸が刺されたのは昨年の十二月。そして今年の初めに大学に広まっていた違法薬物の件が収束したのを考えると、決して無関係ではないと思います」

あっ……！　美久ははっとして口元を押さえた。

「瀬戸は暴力団や暴走族を無視して独自に違法な薬物を卸し、我妻会とトラブルになりました。そのルートこそ、学生だったのでしょう。そして先日、瀬戸の刺されたこの場所で瀕死《ひんし》のその姿を再現し、北留さんに目撃させようとした人物がいる。……これらの状況があなたが何者か示しています」

悠貴は言葉を切り、鋭い目で北留を見た。

「あなたはドラッグの運び屋だ。瀬戸が手に入れた違法薬物をあなたが仲介し、学生たちに売らせた。間違いありませんね？」

北留は答えなかった。無言で悠貴を見つめ、やがて肩の力を抜いた。

「話としては面白いが……想像でも犯人扱いされるのは不愉快だな」

「関係ないとおっしゃるんですね。違法薬物に関わったことなどない、と」

「当たり前だ」

悠貴の話は断片的な情報をつなぎ合わせて導き出した仮説に過ぎない。証拠がなければ何の証明にもならない。北留はそう言いたいのだ。

だけど、その通りだ……。美久は唇を噛んだ。北留が〈女の死体〉の目撃者に選ばれたことも、瀬戸の仲間であろうことも、状況が示しているだけ。北留が薬物の売買に関わっていたという証拠はどこにもないのだ――

だが、悠貴は端整な顔を綻ばせた。

「では、そのウエストポーチを貸していただけますか？」

唐突な言葉に北留が眉を顰めた。

「あなたが運び屋だとして、日中は栗林さんのようなバイトの方と一緒でした。一日何軒まわったか知りませんが、車内に『商品』を置くとは思えません。かと言ってポケットに『商品』を入れて持ち運ぶのは心許《こころもと》ない。そちらの釣り銭を入れるポーチなら手頃な大きさです。それがあれば、誰にも怪しまれずに違法薬物を携帯できる」

美久の視線は北留のポーチに吸い寄せられた。薄暗くてはっきり見えないが、それでもベルトにつけたポーチが昨日今日買った代物ではないとわかる。

悠貴は胸のポケットから小さなケースを取り、軽く振ってみせた。

「近頃の検査キットはとても性能が良いんですよ。少量の粉末で、どの種類の薬物かも検知できます。服と違ってポーチを洗うことはそうないでしょう。北留さん、これまで一度も一粒もこぼさず『商品』を運んだ自信はありますか？」

赤い光に照らされた北留の表情が強張った。

「北留さん……」

陽太が声をかけたが、北留は動かない。まるで石にでもなったかのように、瞬き一つしなかった。

「さあ、こちらに」

悠貴が前へ踏み出した時だった。いきなり北留が身を翻し、陽太を突き飛ばした。倒れる陽太の横をすり抜け、玄関を乱暴に開けて廊下に転び出る。北留は靴に見向きもせず猛然とエレベーターの方へ駆けた。

「北留さん！」

「追う必要はありません」

駆け出そうとした陽太を悠貴が止めた。

「でも！」

北留は逃げた。逃げたことで自分が運び屋だと自白したも同然だが、唯一の証拠であるポーチを処分されたら罪に問うことができなくなる。

「さすがにそんなヘマはしませんよ」

悠貴が落ち着き払った声音で言った。北留が逃走することを見越して、策を講じていたようだ。

だけど悠貴君、何をしたんだろう？　それにヘマって。

悠貴らしからぬ言い方に怪訝に思いながら美久は玄関に目を向けた。

耳を澄ませば、廊下を行く足音が微かに聞き取れた。

北留はエレベーターを待たなかった。斜向かいの階段に飛びつき、一気に階段を駆け下りる。先日くじいた足首が痛み、足がもつれた。石や砂利《じゃり》を踏んで鋭い痛みが走ったが、構う余裕はなかった。急いでウエストポーチを処分しなければ。

荒く息をしながら一階に辿り着いた。明るすぎるエントランスを抜ければトラックはすぐそこだ。息を弾ませてマンションを出た瞬間、どん、と硬いものとぶつかった。衝撃で後ろによろめく。

北留は顔を上げ、自分の進路を阻んだものを睨んだ。

色の抜けた茶髪の若い男だった。百八十センチに届きそうな偉丈夫《いじょうふ》で、指輪やピアスをじゃらじゃらつけている。不可解なのはその眼差しだ。精悍な顔つきにあって、その目は少年のように明るい光を浮かべている。

「よう、待ってたんだ」

見知らぬ青年に親しげに肩を叩かれ、北留はその手を振り払った。頭のおかしな奴に構っている暇はない。しかし若者は懲りずに北留の肩に手を置いた。

「悪いことしたら償わないとな。償わないなら、それなりの罰を覚悟しねえと。じゃなきゃ世の中無責任なクズだらけになる。だろ？」

「あっちへ行け」

うるさく思って若者の手を振りほどいた時、若者の背後に二人組の男が見えた。

一見会社員のような風体だが、その眼差しは一般のそれとまるで違う。その二人が真《ま》っ直《す》ぐこちらに向かってくる。

「あっ、あの人たち、我妻会ね」

フレンドリーな口調で放たれた言葉に北留は肝を潰した。

我妻会。自分の置かれた状況を理解するには、十分な一言だった。

北留は決して無知ではなかった。配達の仕事では訪ねる場所を選べない。裏社会の組織の息のかかった店へ配達に行くこともあり、このあたりをどこの組が支配し、どう管理しているか、肌で感じるものがあった。

「あの人たち、あんたに話があるんだって」

「み、見逃してくれ……！　あいつらに捕まったらどうなるか！」

北留は若者の腕を摑んで懇願《こんがん》した。

若者は考えるように宙を仰ぐと、北留に笑いかけた。

「無理。俺、ドラッグを扱うヤツが地上で一番嫌いなんだ。この地上にいるどんなゴミやクズよりな」

その笑みに北留はぞっとした。悪意や善意、そんなものを超えた得体の知れない強い感情が浮かぶ。その感情が何なのか、北留には見極めることができなかった。

二人組の男がもうすぐそこへ来ていた。

2

美久は開け放たれた玄関を眺めた。北留の足音が聞こえなくなると、悠貴を振り返らずにはいられなかった。

「やっぱり追いかけた方が。証拠のポーチを処分されちゃったら」

「問題ない。どうせどこかに聖がいるんだ、逃がすようなヘマはしない」

そうだ、聖君！

美久がはっとした時、陽太の声が響いた。

「本当に、北留さんがそんなことに手を染めてたのか……」

問うように言いながら、陽太は答えを必要としていなかった。もう十分すぎるほどわかっているのだろう、悔しそうに北留の消えた玄関を睨んだ。

その表情がふと曇った。

「ちょっと待った、じゃあ脅迫者は……？　俺を脅迫してたのは誰だ？」

陽太は呟いて悠貴を振り返った。

「北留さんは脅迫者じゃないんですよね？」

「ええ。栗林さんが〈女の死体〉を目撃した時、北留さんは近くにいました。あなたが嘘の通報をしたと警察から非難され、物的証拠がなく目撃したことに対し半信半疑になっているのも知っていたんです。奇妙な事件と栗林さんの精神状態を考えれば、黙ってやり過ごす方が賢明でしょう」

死体は存在せず、見たと騒いでいるのは陽太だけ。その状況で北留が最も恐れたのは、去年の事件を調べられることだ。「これ以上関わるな」と陽太に警告することはあっても、過去の事件を掘り返させるまねはしないだろう。

「じゃあ、俺を脅迫したのは誰なんです？」

悠貴はすぐに答えなかった。目を伏せ、眼鏡のフレームに手をやった。

「昨日の脅迫電話。あの通話を耳にした時から違和感がありました。あの時、脅迫者はこう言ったんです。『あの女のことは忘れろ。もう用がなくなった』と」

マンションで謎の襲撃を受けたあとのことだ。建物の裏手で話していると、陽太のスマートフォンに脅迫者から電話が入った。そして、唐突に脅迫が終わった。

「もう用がなくなった。しかも『死体のことは忘れろ』ではなく、『あの女』と言ったんです。死体を探せと脅迫しておきながら、まるで彼女が生きているような口ぶりではありませんか。脅迫者はカワナミサキと名乗った人物が生きていることを知っていたんですよ。おそらく、初めから」

「……脅迫者は、彼女が生きてるのを知ってて俺に〈女の死体〉を探させたってことですか？　えっ、でも、それどういうことです⁇」

「思い出してください。〈死体の女〉の目的は北留さんに目撃させることでした。ところが、その計画は栗林さんが目撃者になったことで破綻《はたん》します。彼女は目的を遂げられなかった。手口を知られた以上、同じ手を北留さんには使えません。では何もせず引き下がるでしょうか？　そんなはずがありません、ここまでの計画を立てて、あっさり諦めるなんて」

言葉を切ると、悠貴は玄関の方へ視線を向けた。

「栗林さんを脅したのは、あなたですね」

美久と陽太は驚いて玄関を振り返った。しかし戸口に人影はない。

悠貴が見ていたのは、玄関ではなかった。

カタッ、と小さな音がして、ユニットバスのドアが開いた。

薄闇の中にぼんやりと輪郭が浮かび上がる。白い肌に、緩く巻いた長い髪。細身の女性が出てくるのを、美久は息を詰めて見つめた。顔をしっかり見るのは初めてだが、彼女が誰かすぐにわかった。

眉の上で切り揃えた前髪に、顎のホクロ。

「――カワナミサキ」

陽太が啞然として呟いた。その登場を予期していたはずだが、まるで幽霊でも見たかのように目を丸くした。

「お願いして呼んでもらいました。五時三十分にこの部屋の鍵を開けて隠れて待つように、そうすればあなたの目的は果たされます、と」

悠貴は陽太に視線を戻した。

「黙っていて申し訳ありません。北留さんより先に彼女と会わせたら、栗林さんに冷静に話を聞いてもらえなくなると思ったんです」

「それは……！　いや、そうですね……彼女と最初に会ってたら、北留さんの話どころじゃなかった。訊きたいことが山ほど――」

そこまで言って、陽太は目を瞬いた。

「『呼んでもらった』？　今そう言いました？」

美久もはっとした。お願いして呼んでもらった。悠貴は確かにそう言った。カワナミサキは呼ばれてここへ来たのだ。

では一体誰が彼女を呼んだのか？

「今回は様々な思惑が絡み、事件の輪郭がぼやけていました。しかし丁寧に読み解けば、さほど難しいものではありません」

悠貴が眼鏡を外し、凛とした声で告げた。

「答えはここにあります」

カワナミサキの後ろで影が動いた。ユニットバスのドアを押し広げ、何者かが姿を現す。

「え――!?」

美久は自分の目を疑った。

デニムにパーカー姿の、やや背の低い女性だった。ショートの髪が軽やかに揺れ、形の良いおでこが見える。

陽太が愕然とした顔でその名を呼んだ。

「珠子先輩………」

見間違えるはずがない。陽太と同じ大学に通う、バイト先の先輩だ。

陽太は珠子を見つめたまま弱々しく首を横に振った。目の前に珠子がいるのに、ここにいるのが理解できない。理解したくない――そんな声が今にも聞こえそうだった。

そんな陽太に現実を突きつけるように悠貴が明言した。

「今回の事件の真犯人、栗林さんを脅迫した人物は珠子さんです」

しかし陽太は呑み込めなかった。はいそうですか、と納得できるはずがない。

「電話の声……」

ぽつりと言ってから陽太ははっとした様子で声を大きくした。

「そうだ、電話の声！　あの声は男だった、脅迫者は男ですよ！　上倉さんも昨日聞きましたよね！」

「ええ。ですが、脅迫者はボイスチェンジャーを使っていました。歪んだ声質から性別を判断することはできません。低い声と男のような口調を使って印象を操作し、栗林さんにそう思い込ませたんです」

「そんなっ」

陽太は言葉に詰まり、視線をさまよわせた。ここまで突きつけられてもまだ現実を受け入れられないのか、助けを求めるように珠子を見た。

「本当なんですか……?」

祈るような声だった。珠子が「違う」と言ったら陽太は飛びつくだろう。事実に目をそむけ、先輩の言葉を信じられる。

だが、珠子は平板な口調で返した。

「そうだよ。陽太を脅迫したのはあたし」

自分が一連の黒幕だと認めた瞬間だった。

信頼していた先輩の裏切りに、陽太の顔が悲壮なほど歪んだ。

「何で……!」

胸を抉られたように息を詰まらせ、擦れた声で問う。なぜ、どうして。

理由を求める切実な声に珠子は答えなかった。悠貴の方を向くと、妙に明るい調子で訊いた。

「よくあたしだってわかったね」

水を向けられた悠貴は肩を竦め、仕方なさそうに口を開いた。

「あなたしか考えられませんから。栗林さんが〈女の死体〉を目撃したことは、計画を立てた者にとって予想外の出来事だったはずです。にも関わらず、栗林さんが警察から解放されてまもなく、最初の脅迫電話がかかってきました。それも栗林さんの家族を知り、妹さんを盾に脅した……この迅速さは注目に値します」

〈女の死体〉の目的は北留に目撃させることだ。だから犯人は北留の行動を調べ、彼が一人になる時間帯を狙った。陽太はイレギュラーな存在なのだ。その日たまたまシフトに入り、たまたま残業したバイトのことなど、犯人が注目していたはずがない。

電話番号、家族構成やその所在、どれも調べるには相応の時間がかかる。裏を返せば、それだけ容易《たやす》く陽太の個人情報を入手できた——身近なところに犯人がいる、ということだ。

「そしてもう一つ。カワナミサキ宛ての荷物が存在しないことです。栗林さんが伝票の住所や名前を見間違えたとは思えません。数日前のことならともかく、事件当日に二度も手にした荷物なんですから。カワナミサキの荷物は確かに存在した。しかし荷物は消失し、データの登録もない。それほど徹底的に存在しないということは、消した人間がいたと考えるべきです。おそらく、カワナミサキの荷物は初めから配達の荷物に登録されていなかったんでしょう」

荷物は伝票のバーコードから登録され、その情報は本部で管理されている。勝手に消したり、書き加えることなど不可能だ。

ならば、データ上には存在しないと考える方が自然だ。

「栗林さんは、知らないうちにデータにない荷物を運ばされたんです。栗林さんの個人情報を知るほど親しく、荷物をすり替えることができる人物——そんな人は珠子さんを措いて他にいません」

珠子は笑みをこぼした。

「万一に備えて証拠を残さないようにしたのが裏目に出てたわけね」

そう言って、珠子はあっけらかんと認めた。

「君の言う通りだよ。架空の住所から荷物を出しても、伝票のデータを見ればどこで預かったかわかるからね。対応した店員に顔を覚えられたり、防犯カメラに映ってたら足がつく。普通に宅配便を出して北留を誘導しても、あとであたしたちの犯行だってバレたら台無しでしょ。だから荷物をすり替えることにしたのよ。あとはあのマンション宛ての配達があるのを待つだけ。トラックに荷物を積み込むと、配達先がカーナビに反映されるんだ。それであの日、あたしは午前のシフトでマンション・ポパイに届け物があるのを確認して、計画を実行に移した」

「トラックに財布を忘れたというのはわざとですね」

悠貴が訊くと、珠子は頷いた。

「そうだよ。手伝うふりして陽太からハンディターミナルを取り上げるため。それから用意しておいたカワナミサキ宛ての荷物と本当の荷物をすり替えて渡した」

「死体のトリックを使える時間に誘導するため——そうですね？」

日中あの部屋で死体のふりをしても、床にあるのが水だと見破られてしまう。日が落ちた暗い部屋でなければ、あの錯覚は生み出せないのだ。

「それと北留に玄関を開けさせるためね。今のご時世、一人暮らしの女の子のうちに『インターホンが壊れてるからドアを開けてください』って張り紙があったら怪しすぎるでしょ。逆に警戒されちゃう。だけど陽太の口から客の要望だって言えば北留は疑わないから」

そして夜八時、一人で再配送に出た北留が〈女の死体〉を目撃するはずだった。

「カーナビで住所は確認しても号室まで見ないものよ。あいつは自分が違う荷物を運んでるとも知らず、この部屋にのこのこ来るはずだった。北留は家の人が出てこないと荷物のバーコードを読み込まないから、バレない自信あったよ。お粗末よね、自分の習慣や癖を利用されてるのも気づかないで、あいつは——」

「やめてください！」

陽太が遮った。

「やめてくださいよ、そんなの……！」

悔しそうに言って声がとぎれた。悪びれもせず、あっけらかんと犯行を明かす珠子の姿に陽太は泣きそうなほど顔を歪めた。

「理由があるんですよね……？　だって、何で珠子先輩がこんなことしなきゃいけないんですか、どうして⁉　そうしなきゃいけない理由があったんでしょ⁉」

どうしようもなかった、他に方法がなかったんだ——そう思える理由がほしい。

陽太は言い訳してほしいのだ。先輩は悪くない、仕方がなかったのだと思いたい。

騙され、裏切られていたというのに、陽太はまだ珠子を信じようとしている。

珠子が胸を衝かれた顔をした。作りものの笑みが剝がれ、戸惑ったように視線を逸らす。初めに陽太に理由を問われた時、珠子は答えなかった。真相を明かすつもりはなかったのかもしれない。それを、陽太が変えた。

「……去年の十二月、この部屋に住んでた男が刺された事件の話、聞いたでしょ」

陽太が頷くと、珠子は息を吸い込んで覚悟を決めたように言った。

「その人、瀬戸圭司はあたしの兄貴だよ」

思いもしない発言に、あたりが水を打ったように静まり返った。

「うち、両親が離婚してて。あたしは父と、圭兄は母と暮らしてたの。母が再婚したから名字は変わっちゃったけど、ずっと連絡は取ってたんだ。兄貴は……ちょっと残念な人で、強がりばっかなの。人付き合いもあんまり上手くなかった。新しいお父さんと上手くいかなくて高校中退して。一人暮らしを始めて。今思うと、あのあたりからおかしかったんだよね。あたしがしっかりしてたら何かが違ったかな」

「あ……、珠子さんが助けられなかった人って……」

美久が呟くと、珠子は悲しげな表情を浮かべた。それだけで通じた。珠子が助けたかった人とは兄のことだったのだ。

「兄貴は今の仕事辞めるって言ってた。こんな生き方してちゃいけない、今辞めないとずっとこのままだって。何の仕事か訊いたら『学生相手のチョロい商売』とか言って、全然真面目に答えなくて。仕事の話を持ちかけてきた相棒に頭が上がらないとか、揉めてて大変だとか、どうでもいいことばっか言うの。けど、危ないことしてるのはわかった。とにかくこれからは真面目に働くって言ってたんだ。……そしたら、あの事件が起きた」

瀬戸が刺された事件だ。兄が暴力団員に刺されるなど寝耳に水の事態だ。珠子はその時初めて兄が何に手を染めていたか知った。

「警察から兄貴が違法な薬物を売ってたって聞いた時は、死ぬほど驚いたよ。なんてばかなんだろうって。兄貴がしたことは裁かれて当然だよ、絶対にしちゃいけないことをしたんだから。でも……だからって誰かに刺されていいわけない」

珠子の声に怒りが滲んだ。

「圭兄は今も病院でチューブに繋がれたまま。時々目を開けるけど、意識があるのかわかんない変な目してる。お母さんも看病でどんどんやつれて……っ。あたし、悔しくて……！　圭兄は最低だけど、法律で裁かれるべきで、あんなふうに人生が壊れていいはずない！」

唇を噛みしめると、珠子は暗い眼差しで言葉を続けた。

「おかしいのは、警察で兄貴の相棒の話が出ないこと。事件を担当した刑事さんにも訊いたけど、兄貴は単独犯だっていうの。そんなわけない、兄貴は相棒と揉めてるって言ってたんだから。相棒は逃げたんだ。圭兄をスケープゴートにして今ものうのうと暮らしてる。そう思ったら、いても立ってもいられなくなった。相棒を見つけなくちゃ。必ず見つけ出して償わせようって」

珠子は顔を上げて陽太を見た。

「うちの大学でもドラッグが出回ってるって話あったでしょ。噂を聞いた時、ピンと来たよ。兄貴は違法薬物を売っていたし、『学生相手のチョロい仕事』だって言ってたから。けど、ドラッグを売ってる奴が全然見つからないの。皆どうやってあいう人を探し当てるわけ？　そんな時よ、櫻台女子でドラッグを売って退学になった子がいるって聞いたのは。すぐに調べに行ったよ。学生にまぎれて、いろんな人に声かけて情報を集めて。それでやっと──」

「私と知り合ったんです」

それまで沈黙を保っていた女性が口を開いた。眉の上で切り揃えた前髪に、特徴的な顎のホクロ。

「カワナミサキさん……」

美久がその名を呼ぶと、〈女の死体〉を演じていた女性は可憐《かれん》に微笑んだ。

「カワナミサキは存在しません。それは北留をここへ誘導するための仮の名前。私の本当の名前は輿水。櫻台女子を退学になった学生、と言った方がわかります？」

「えっ⁉」

「あの学内でドラッグを売ってたっていう……⁉」

泡を食う美久と陽太に、カワナミサキこと輿水は不敵に微笑んだ。そうすると清楚で大人しい女性の印象ががらりと変わり、目に狡猾《こうかつ》な光があるのに気づく。

「父が事業で失敗して、学費が払えなくなってしまったんです。そんな時、他大学のサークルの人から『簡単で良いバイトがある』と声をかけられて。話を聞いたらネズミ講みたいな仕事でした」

最初に頭金と商品の代金を払い、それを売る。誰かを紹介すれば頭金の一部が戻り、売上に応じた収入と役職がつく仕組みだ。

「商品がドラッグだと知ったのは、現物が届いた時でした。学費に使う貯金を代金として納めたあとで……もう引き返せなかった」

輿水は束の間過去を振り返るように目を伏せ、目線を上げた。

「あとは先ほどご紹介に与《あずか》った通り、学内でドラッグを渡すところを職員に見つかり、あっという間に退学処分が決まりました。大学は警察に通報しませんでした。名門女子大の名に傷がついては困るでしょう？　あなたのしたことは大変な過ちだ、退学してから警察に出頭《しゅっとう》するように、と切々と説かれました。こんなばかげた話がありますか？　処分が下る前に私は大学を出ました。誰にも告げず、住むところを変えてひっそり暮らしていました。そこへ珠子がやってきたんです」

珠子は輿水の友人から実家の住所を聞き出し、その近所や引っ越し業者をあたって転居先を摑んだという。

「驚きました。誰にも見つからないように一月の間に二度引っ越してたんですから。

それなのに知らない人が私を見つけた。……珠子がドラッグのことを口にした時、終わった、と思いました。今度こそ警察に突き出される、と。けれど、珠子の目的はそうではなかったんです」

「あんたは捕まえない。だから、あんたに違法薬物販売を持ちかけたのは誰か教えて――そう頼んだの」

珠子が言葉を継ぐと、輿水がころころと笑った。

「頼むなんて可愛い様子ではなかったけど？　破滅させたい奴がいる、そう言って無理矢理私に手伝わせたんだから」

「悪いとは思わないよ。あたしと取り引きしたの輿水ちゃんだし」

軽口を叩く珠子に輿水は笑みを深め、美久たちに視線を向けた。

「こうして私は珠子に力を貸すことになったんです」

「二人の情報を合わせることで、犯人に迫ろうとしたんですね」

悠貴が尋ねると、珠子が頷いた。

「それで北留に辿り着いた。だけど本当に北留が兄貴と関係あるのか、別の人やグループが絡んでないかとか、わからないことが多くて。もっと詳しく調べないとって思った。それであたしがヒカリ運輸に潜り込むことにしたの。輿水ちゃんは北留に顔を知られてるからね。もしかしたらヒカリ運輸全体が違法薬物に関わってるかもしれないって思ってたけど、バイトに入って拍子抜けしちゃった。すごく良い会社なんだもん。仕事はきついけどチームワークがあって、皆仲良いし。北留もすごく良い人に見えた。……でも見えただけ。仕事の合間に配達ルートとか日勤簿を調べて、輿水ちゃんの話が本当だってわかった」

櫻台女子がどの配達地域にあるのか。輿水に荷物が届けられた日に誰が配達に出ていたのか――一目瞭然《いちもくりょうぜん》だった。

「記録にあったのは全部北留の名前だった。しかも兄貴がよく行ってた飲食店を北留もよく使ってたの。圭兄と北留には接点があったんだよ。店の人に訊いたら、二人が話してるのを何度も見てて。警察は兄貴がどこにドラッグを卸してたかわからないって言ったけど、宅配業の北留と、出所のわからないドラッグを売ってた学生のことを考えれば、関係ないわけないでしょ。北留が兄貴の相棒だったんだよ」

だが、証拠がない。珠子は拳《こぶし》を握り締めた。

「警察に行ったよ。最初に約束したから輿水ちゃんのことは伏せたけど、わかったことは全部警察に話した。北留と兄貴の接点。兄貴が刺されてから大学で出回ってた違法薬物が減ったこと、バイト先の日勤簿もコピーして、北留が怪しいから調べてって頼んだ。警察は話半分な感じだったけど、あたしが瀬戸圭司の妹だってわかったら、急に納得した顔した。何でだと思う？　あたしが圭兄を思うあまり、いもしない犯人探しに取り憑《つ》かれてるって思ったんだよ」

「そんな……！」

美久が声を上げると、珠子は失笑した。

「多感な女子大生は妄想を抱きやすいんだって。それから警察の人は全然取り合ってくれなくなった」

黙って話を聞いていた輿水が髪の先を弄《もてあそ》びながら言った。

「仮に私が警察に出頭したとして、北留を罪に問えたと思います？　珠子のお兄さんが刺されて、北留は慎重になったはずです。証拠を手元に置いておくとは考えられません。私だって職員に見咎《みとが》められた時、真っ先にドラッグを処分したもの。あるのは状況証拠だけ。警察に『一年前、大学構内でドラッグを売っていたのは私です、運送業者の北留という人から荷物と一緒に手渡されていました』と話したところで、結局証拠がなければ北留は無罪でしょ。私は捕まり損だわ」

「……証拠さえあれば、北留を捕まえられる」

珠子が低く呟いた。その瞳には強い決意が浮かんだ。

「尻尾《しっぽ》を出すのを待ったけど、あいつはすごく慎重だった。揺さぶりをかけるしかないと思った」

「それが栗林さんの目撃することとなった〈女の死体〉ですね」

悠貴が静かな口調で問うと、珠子は強く顎を引いた。

「違法薬物のディーラーと言われた男が刺された部屋で、違法薬物の売り子に使ってた女子大生が、同じ状態で倒れてる。ばかじゃなきゃ、次は自分だって思うでしょ」

北留が瀬戸の相棒なら、関係者が立て続けに殺されたと感じるだろう。しかも再配送で運んだ荷物の伝票はでたらめ。自分が目撃者に仕立て上げられたのだと気づけば一層危機感を募らせたはずだ。

「北留が黒なら、必ず行動に出る。バイトのおかげであたしはずっとあいつを見張れたしね。北留はドラッグを処分しようと隠し場所に向かうかもしれないし、仲間に助けを求めるかもしれない。何でもいい、あの男と事件を繋ぐ証拠があればいい。証拠が必要なのよ」

暗い珠子の瞳に美久は背筋が寒くなった。何という執念《しゅうねん》だろう。たった一人で事件の関係者を探し出し、警察が動かないとわかると今度は証拠を得るために危険を冒した。珠子は何としても北留に償わせるつもりだったのだ。

「北留さんが逃げなかったら？」

　ふと、陽太が言った。

「俺じゃなくて、予定通り北留さんが再配送に来て、カワナミサキ……輿水さんを見つけたら。北留さんはその場で救急車を呼んだかもしれない」

「するわけない。自分の相棒が倒れてた部屋だよ？　その部屋で死体を見たなんて騒いで、昔の事件を調べられたらどうするの？　自分が違法薬物の売買に関わってたって警察に知られるかもしれないじゃない」

「だけど介抱《かいほう》しようとしたかもしれない！」

　一所懸命反論する陽太に、珠子は悲しそうに笑った。

「陽太はお人好しだね。あいつのこと、全然わかってない。北留は圭兄が半死《はんし》半生《はんしょう》の目に遭ったのに、仕事を変えないで何食わぬ顔で生活してるんだよ？　そんな奴が血だまりにいる人を助けるはずない。息があるとわかっても、絶対関わらない。自分の身が一番かわいいんだから」

　実際に〈女の死体〉を目撃した陽太でさえ、その生死を確かめず部屋を飛び出した。凄惨《せいさん》な現場に驚いたのもあるだろうが、明らかな事件現場を前に、関わりたくない、と微塵も思わなかったと言えば嘘になるだろう。

後ろ暗いことのある北留ならなおさらだ。

刺された仲間と同じ姿で横たわる、売り子に使っていた女子学生。その第一発見者になり、万一自分に疑いの目を向けられたら。過去の事件を調べられ、自分が何をしたか知られたら——そんなリスクを北留が負うはずがなかった。

珠子が暗い面差しで囁いた。

「北留が逃げなかったら、もうそれはそれで良かったかも。そしたら、その場であたしが脅すから。あんたのしたことは全部知ってる、お金をくれたら黙ってあげるって言ったら、あいつはどうしただろうね」

石のように冷たい表情だった。明るくて、ちょっとおせっかいな優しい先輩——日中会ったあの珠子とは思えない。

「……想定外だったのは陽太。あんたが再配送に来たこと」

別人のように見えた珠子の顔に感情が浮かんだ。珠子は困ったように笑った。

「あたしあの日もユニットバスに隠れてたんだよ。来たのが陽太だってわかった時、びっくりした。急いで床を拭いて、陽太が置いてった荷物を本物とすり替えて。輿水ちゃんとマンションを離れたけど、これじゃ計画が台無しで、何とかしないとって話になって。……だから、陽太を脅すことにした」

「私が提案したんです」

　輿水が声をかぶせた。

「このままうやむやになったら二度とチャンスはない、そう珠子をけしかけました。栗林さんが死体や過去の事件を調べ始めたら北留は穏やかではいられない、必ず何か行動に出るはずだ、と。思惑通り、あなたが〈女の死体〉について調べると、北留は行動を起こしました。あの男は、あなたを襲った」

「え……？」

　陽太が問うような眼差しを向けると、輿水は珠子と視線を交わして答えた。

「ずっと北留を見張っていたんです。昨日も私と珠子は、あの男が栗林さんをつけてこのマンションへ入るところを見ていました」

　夕方、陽太と一緒に美久と聖がこのマンションを訪れた時のことだ。

「北留は階段もエレベーターも使わず、建物の裏手に向かいました。私はエントランスの外を、珠子は北留に見つからないよう建物を回り込んで、あの男を見張りに行きました。しばらくすると北留が戻ってきて、エレベーターに乗りました。嫌な予感がしたんです。あの男、パーカーのフードをおろして顔を隠していたから。そうしたら上から電気がショートしたような音がして」

「ま、待った！　じゃあスタンガンで襲ってきたのって!?」

陽太が血相《けつそう》を変えると、珠子は沈痛な面持ちになった。

「陽太をびびらせて〈女の死体〉について調べるのをやめさせようとしたんだと思う。スパーク音が聞こえて、あたしも何が起こったかわかった。急いで上の階に行こうとしたんだけど、非常階段のドアのハンドルがひっかかっちゃって」

「えっ!? あれ、珠子さんだったんですか！」

美久は呆気に取られた。

スタンガンの男の襲撃を受けた直後、美久は非常階段へ逃れた。その時、階下から乱暴に非常階段のドアを開ける音がして、何者かが駆け上がってきたのだ。

あれは我妻会でもスタンガンの男の仲間でもなく、異変を察した珠子が助けに駆けつける音だったのだ。

美久は気が抜けてその場にしゃがみ込みそうになった。

切迫した状況だったとはいえ、とんだ勘違いをしたものだ。しかし、これでわからなかった襲撃者たちの正体がすべて明らかになった。

「……北留が違法薬物の運び屋だっていう証拠が欲しかった。でも、これ以上続けたら、あいつが陽太に何をするかわからない。だから陽太の脅迫を取り下げたの」

珠子は息を吸うと静かな口調で結んだ。

「これであたしたちの話は全部」

「北留は裁かれますか？」

輿水の視線は悠貴に向けられていた。悠貴は自信のこもった目で頷いた。

「今頃この部屋から逃げたことを後悔していますよ」

そう、と輿水は満足した様子で微笑んだ。

「それじゃあ、私は自首しに行きます」

「えっ」

珠子が驚いた顔で輿水を振り向くと、輿水は呆れた顔になった。

「ばかね。そうでなければ、初めからこの呼び出しに応じるわけがないでしょう。珠子のせいよ。あなたが全部きちんと話したい、と言うから。あなたに感化されちゃったじゃない」

「輿水ちゃん……」

「わかったら早く用事をすませなさい。まだ言うことがあるでしょう？」

珠子は頷くと、陽太に向き直った。

その瞳がわずかに揺れたが、珠子は背筋を伸ばし、しっかりと陽太の目を見た。

「あんなことになるとは思わなかった、なんて言い訳、するつもりないよ。あたしは自分の都合であんたを利用して、あんたを苦しめて、酷い目に遭わせた。これが真相だよ。…………ごめん、陽太」

謝って許されることではないとわかっているのだろう。そう呟いた珠子の声は、心の内からこぼれたように小さく、許しを請うものではなかった。

珠子は悠貴に視線を向けた。

「上倉君、だっけ。君のおかげで北留を追い詰められた。ありがとう。君から連絡をもらった時は本当に驚いたよ。まさか今日会った人に私たちの計画が見破られちゃうなんて。昼間会った時、しゃべりすぎたね」

悠貴は苦笑いした。

「いえ、僕があなたを疑ったのは、あなたに会う前です」

「はっ？」

「昨日の脅迫者からの電話です。脅迫者は栗林さんの家族を使って脅しながら、あっさりと脅迫をやめました。しかもその会話の中で『うまく逃げ切ったか』と言ったんです。栗林さんが襲われたことを知らなければ出ない言葉です。それに栗林さんが逃げ切ったことを喜んでいるようでした」

——何だ、元気そうだね。

脅迫者は、電話に応答した陽太に開口一番そう言った。それも嬉しそうに。

「引き続き死体を探させるならともかく、用のなくなった捨て駒《ごま》の無事を喜ぶなんて少し妙でしょう。近くにいながら姿を見せず、栗林さんを気遣う——あの時、脅迫者の真の狙いは〈女の死体〉探しではないかもしれない、と気づいたんです。今日マンションの前でお会いできたのは幸運でした」

珠子はぽかんと口を開け、小さく吹き出した。

「何だ、そうだったの。最初から怪しまれてたわけね。あーあ、君にもっと早く会いたかったな。君なら圭兄がばかなことする前に止められたかもしれない。そしたら誰も傷つかずに済んだのに」

笑いながら、その声は泣いているようだった。

決して巻き戻すことのできない時間と、取り返せない兄と友人の未来に珠子の瞳から涙が一粒こぼれた。

陽太は静かにその様子を眺めていた。

3

十月最初の土曜日の朝。雲間から覗く空は夏より優しい青色をしていた。穏やかな風に吉祥寺通りのケヤキの葉がさらさら揺れる。商店の開く時間にはまだ早く、通勤通学の人も少ない町は週末ののんびりした空気に包まれている。

落ち着いて喫茶店の仕事ができるのって、久しぶりかも。

エメラルドに向かって歩きながら、美久の心は弾んだ。先週は悠貴の学校で文化祭があり、ずっとその調査をしていた。無事学園祭が終わったと思えば、今度は聖の持ち込んだ事件だ。依頼も大切だが、事件を気にせず喫茶店の仕事に打ち込めるのは嬉しかった。

今日はどんなお客さんが来るのかな。

美久が足取り軽く小道を曲がった時、不意に緑豊かな風景に似合わない人工色が目に飛び込んできた。

脱色して色をのせたような、やや赤みがかったアッシュブラウンの髪。その髪の間に光る三連のピアスと、骨張った大きな手を飾るたくさんのシルバーリング。

小道脇の柵《さく》に凭れていた聖が美久に気づいて微笑んだ。

「よう、おはよ」

「お……おはよ、じゃないよ！」

驚きのあまり声が裏返ってしまった。

どうしてこんなところに聖君が……⁉

美久ははっとしてバッグを掴み、身を守るように体の前に構えた。その態度に聖は頬をふくらませた。

「なんもしないっての。つーか、それちょっと傷つく」

傷つく、と言われて怯みそうになったが、元はといえば聖の行いが悪すぎるのだ。さすがに美久も学習する。

美久が警戒を解かずにいると、聖は肩を竦めた。

「報告に来たんだよ。月のチャームの件は片付いた。もうあの周辺を歩いても問題ねえし、美久が狙われることもない。何かあったらいつでも俺に言えよ」

そんだけ、と聖は言葉を結んだ。どうやら用件は本当にそれだけのようだ。

美久は鞄《かばん》を持つ手を下ろした。

「……北留さん、警察に出頭したみたいだね」

「ああ、俺が見た時は我妻会の奴に連れてかれるところだったけど、目を盗んで逃げたらしい。ヤクザより警察の方がマシって思ったんだろ。まあ、賢明だな。つーか美久、その話よく知ってるな」

「うん、事件に関わった人が教えてくれたから」

珠子から電話があったのは昨日のことだ。北留が無断欠勤しているところに警察からヒカリ運輸に連絡があったらしい。会社に調査が入り、社内が大騒ぎだと教えてくれた。

テレビのニュースにもならない小さな事件だけどね、と珠子は苦笑いしていたが、美久には小さな事件と思えなかった。確かにニュースで大きく取り上げられることはないが、輿水と同じ目に遭った人が他にもいるはずだ。

そう思うと、尋ねずにはいられなかった。

「聖君が調べてた大学と予備校で違法薬物が出回ったって事件……あれは全部北留さんがやったことなの？」

「何とも言えねーな、北留も使われる側だったのかも。少なくとも俺はまだ背後に何かあるって気がしてる。けど、北留からこれ以上辿れねえし。まあ、黒幕がいたら、どっかでぶつかるだろ」

話は終わった、というように聖は柵から離れ、通りの方を向いた。

「あっ、聖君」

思わず声をかけてしまってから、美久は心を決めた。聖にはずっと訊きたいことがあった。

「聖君、栗林さんと会ったのは偶然だって言ったよね。どうして助けてあげたの？」

きょとんと目を瞬く聖に美久は続けて言った。

「たまたま町で見かけた人のために、どうしてあそこまで親身に？」

エメラルドの探偵を探す陽太という存在が、美久を呼び出す口実にちょうど良かった——以前、聖はそう話した。けれど、それだけではない気がした。

美久に輿水と同じ恰好をさせて連れ歩くという聖の目的は、陽太に会う前に果たされていたのだ。それなのに聖は去らなかった。わざわざ不動産の店に足を運んでマスターキーを盗み、部屋の下見までして。最終的に悠貴に事件を押しつけたが、もしあの時悠貴が現れなかったら、聖はどうするつもりだったのだろう。

陽太を放り出して去る聖の姿が美久にはどうしても想像できなかった。

「——真っ青な顔してガタガタ震えてたから」

聖がぽつりと言った。

その眼差しは遠くに向けられていた。まるで過ぎ去った時間に思いを馳せるように宙を仰ぐ。やがて聖の口の端に笑みが浮かんだ。

「似てたんだよ、クソ生意気な昔の誰かさんにな」

「それって……もしかして悠貴く――」

「面倒に巻き込んで悪かったな。次はもっと楽しいことしような」

「え？」

「美久は食い意地張ってるからなあ、今度のデートはそっち方面押さえねえと」

「なっ……⁉　デートなんかしないよ、食い意地も張ってないし！」

ぎょっとして美久が言い返すと、聖は肩を揺らして笑った。

しまった、また聖君のペースに……！

気づいたが遅かった。聖は踵を返して、あっという間に吉祥寺通りの方へ行ってしまった。その背中を見つめて美久は吐息を漏らした。

相変わらず飄々として摑みどころがないんだから。

内心で文句を言いながら小道に向き直り、美久はふと思った。

そういえば、聖君はどうしてこんなところで待ってたんだろう？

答えは小道の途中にあるエメラルドを見てわかった。

「……そっか、お店に来ないでって言ったから」

だから聖は何もない道の途中で待っていたのだ。エメラルドに繋がる道はいくつかあるが、ここなら通りの反対側から美久が来ても目に入る。

約束、守ってくれたんだ。

そうわかると頬が緩んだ。律儀《りちぎ》に守っているようで、店に行かなければ近くまではいいだろう、とちゃっかり出没するのが聖らしいが。

美久は振り返り、遠くに見える聖を目で追った。


「すみません、遅くなりました」

いつもより五分ほど遅れてエメラルドの裏口をくぐると、厨房にいた真紘が笑顔で美久を出迎えた。

「おはようございます。ちょうど良いところに来たね。客席に栗林さんがいるよ」

「えっ、開店前にですか？」

「契約書を交わしにね」

厨房の戸口から店内を覗くと、テーブル席に悠貴と陽太が見えた。

客席は整えられ、いつでも営業できる状態になっている。

「さっき契約が終わったから、着替える前に挨拶してきていいよ。栗林さん予定があるみたいで、もうすぐ帰ると思うんだ」

「そうなんですか。わかりました、ありがとうございます」

美久は真紘に礼を言って客席に向かった。カウンターを出ると、物音に気づいた陽太が顔を上げた。

「あ、小野寺さん。先日はお世話になりました」

陽太は立ち上がって頭を下げた。まだ疲れた顔をしているが、その表情はどこかさっぱりとしていた。

よかった。栗林さん、少し元気そう。

あんな事件のあとだ、打ちひしがれているのではないかと気がかりだったが、悠貴と三人で話すうちに陽太が無理をしていないと確信できた。大変な事件だったが、陽太なら乗り越えられるだろう。

話が一段落したところで、美久は訊いた。

「バイトは続けられるんですか？」

「はい、今日もこれからバイトです」

陽太が隣の椅子に置いたバッグに手を置いた。

「バイト先、今大変で。北留さんのしたことと会社は無関係って証明できたんですけど、捜査で社員さんたちが時間取られちゃって。毎日残業続きですよ」

「じゃあ珠子さんも忙しいんですね」

「……先輩は辞めるみたいです」

「えっ？」

陽太は顔をしかめ、少し投げやりに言った。

「俺に気を遣ってるつもりなんですよ。顔を合わせたら気まずいでしょ。会ってないんで詳しいことは知らないけど、今月で辞めるって社員さんが教えてくれました」

「そうなんですか……」

電話で話した時、珠子はそんなこと一言も口にしなかったが、事件の混乱が収まったら辞めるつもりでいたのだろう。

〈女の死体〉と脅迫事件の顛末は、世間の誰にも知られていない。

黒い契約書には悠貴やエメラルドの探偵について口外しないと定められている。スタンガンで陽太を襲った北留が自分の罪状を増やすような話を警察にするはずもなく、陽太も珠子から受けた脅迫を警察に届けなかった。だが、陽太が珠子を許すかどうかは別問題だ。

事情はどうあれ、珠子は陽太を利用した。実行する気がなかったにしろ、いつでも陽太の妹に危害を加えられると匂わせ、脅迫したのだ。

陽太が味わった恐怖は本物だ。姿の見えない脅迫者に怯え、精神をすり減らし、心身共にボロボロになるまで追い詰められた。

その犯人が信じていた先輩だったなんて……。信頼する人に裏切られた陽太の心中を思うと、美久はかける言葉を見つけられなかった。

「変わった方ですよね、珠子さん」

そう言ったのは悠貴だった。

「カワナミサキ宛ての荷物についてこそ嘘を吐きましたが、その他のことで珠子さんは僕を欺《あざむ》こうとしなかった。〈女の死体〉の事件を調べられたら自分が脅迫者だと知られる危険があることくらい、わかっていたはずです。ですが、偽の情報で攪乱《かくらん》したり、栗林さんが心を病んで幻を見た、と貶めることもしませんでした。そういう意味では嘘の吐けない人なんでしょう」

悠貴君……。

美久は意外に思って悠貴を見た。今口にしたことはただの意見で、特別に珠子を擁《よう》護《ご》するつもりはないのだろう。それでも悠貴は、今この話をした。

「だから困るんです」

　悠貴の不器用な思いやりが伝わったのか、陽太は顔を歪めた。小さく息を吐いて、暗い面差しで呟いた。

「北留さんが俺を襲った時。あれ、絶好のチャンスですよ。北留さんは焦ってたんだ、俺がどうなろうともっと追い詰めて証拠や自白を取ればいいんです。すごいチャンスだったのに脅迫やめるとか……何考えてるんですかね。しかも襲撃に気づいて非常階段から助けに向かうとか、北留さんに見つかったら計画が水の泡じゃないですか。詰めが甘いんですよ」

　珠子はこの計画にすべてを懸《か》けていた。兄を裏切った相棒を見つけ出して必ず償わせる、と復讐《ふくしゅう》に燃えていた。執念で輿水を探し、計画を立て、その計画が頓挫《とんざ》しそうになると陽太まで脅迫した。

　それなのに、陽太の身に危険が迫ると計画を捨てた。

　北留を警察に突き出すチャンスも、数ヶ月に及ぶ苦労も、復讐も、全部ふいにして。

「――今すぐは無理だけど」

　無意識だったのだろう。呟いた陽太は自分の声に驚いた様子で目を瞬くと、苦笑を浮かべて美久たちを見た。

「俺、やっぱり先輩を憎めません。電話越しに妹の声を聞いた時、こいつは絶対許さない、見つけてボコボコにしてやるって思いました。今だってそうしたいですよ。だけど……珠子先輩もお兄さんのためだったんですよね。それ聞いたら、憎めないです」

同じ恐怖を味わわされたのに、責めるのではなく、共感してしまうのが陽太らしい。

あの日、珠子が真相を話すのをためらったのは、そんな陽太の優しさを知っていたからかもしれない。

「さすがに今すぐは許せないけど、来月は声をかけます」

「来月？」

美久は尋ねた。頷いた陽太の顔にもう暗さはなかった。

「訊いてみるつもりです。一緒にバイトしませんかって」

バイトを辞める珠子に、そう声をかける。

その意味に気づいて美久が目を輝かせると、陽太は笑った。

「本当は珠子先輩に言われた台詞をそのまま返したいんですけど、俺が言ったら完全セクハラですから」

――お兄さん、良い体してるねー。うちでバイトしない？

底抜けの明るさとばかばかしさで陽太をバイトに誘った珠子。

その時の珠子には何の計算もなかったはずだ。目標をなくした陽太を純粋に気にかけ、明るく、おせっかいに手を差し伸べた。それもまた珠子の一面なのだ。

「しょうがない人ですよね、珠子先輩って。でも、珠子先輩だから」

陽太はそれ以上言葉にせず、困ったように微笑んだ。


陽太を送り出して、エメラルドはいつもより十分早く開店した。しかし不思議なもので、ゆとりのある時に限って客は来ない。重なる時は息吐く暇もないほど客が集中するのだが、客商売はこういうところが難しい。十時半を過ぎても一人の来店もないまま、空模様が怪しくなってきた。

扉のガラスに額を寄せて外を窺うと、ぽつぽつと雨が降り出していた。

「あー、降ってきましたね。お客さんがまた遠のいちゃう……」

美久が恨めしい声で呟くと、真紘は朗らかに笑った。

「予報だとそんなに降らないよ。午後は晴れるみたいだし、今はゆっくりしていよう」

天気が相手では逆らえない。気を揉んだところで客は来ないとわかっているが、真紘の境地に達するのはなかなか難しい。カウンターに戻った美久がカトラリーを磨きながら外を眺めていると、ふと真紘が言った。

「そうだ、ラスティネイル」

錆びた釘《ラスティネイル》。美久がびっくりして振り返ると、真紘は「ちょっと待ってて」と厨房へ消えた。まもなく戻ってきた真紘の手には、丸みのある洋酒のボトルが握られていた。

「昨日小野寺さんに訊かれて思い出したことがあるんだ。ラスティネイルはこのドランブイというお酒で作るカクテルなんだけど、ここを見て」

真紘が指したラベル部分には、優美な字体の英語でこう書かれていた。

「チャールズ・エドワード王子のリキュール……？」

キャッチコピーか何かだろうか？

美久が顔を上げると、真紘は柔らかく言った。

「十八世紀に実在した人で、スコットランドとイングランドの王位継承権を巡って戦った人なんだ。生まれはローマだけど、スコットランドでの支持がとても厚く、人気のある王子だったんだよ。だけど戦いに敗れて、彼の首には三万ポンドもの賞金がかけられてしまう。それでも王子を裏切る人はなく、彼は亡命に成功するんだ。王子はその時手助けしてくれたマッキノンという家にこのお酒のレシピを伝えたと言われているんだ。その家は王子から賜《たまわ》ったそのレシピを誰にも明かさなかった。百五十年後、こうして市場に出すまでね」

「すてきなお話……」

美久は目を輝かせてラベルを見た。何の変哲もない一文にそんな歴史が秘められていると思うと胸が躍る。真紘が相好を崩した。

「販売戦略のためのでっち上げという歴史家もいるけど、俺もこの話が好きだよ。面白いのはここから。ラスティネイルを作るにはもう一つお酒がいるんだ」

「何のお酒ですか？」

「スコッチウィスキーだよ」

スコットランドのウィスキー。地名がわかった瞬間、美久は目を瞬いた。

「さっきのお話でチャールズ王子が戦ったのは……」

「うん。スコットランドを愛しながらその地に留まれなかった王子のリキュールと、スコットランドのウィスキー。この二つが合わさってラスティネイルはできるんだ」

真紘は手首を返してボトルを眺めた。

「ラスティネイルは、錆びた釘みたいな色のカクテルだからそう呼ばれている、と言う人もいるけど、俺は言葉通り『錆びた釘』という意味だと思うんだ。チャールズ王子とスコットランドを結びつける、釘のような存在。それこそ錆びるほどに古く、忘れられない絆《きずな》のようなものだ、とね」

腐食して抜くことのできなくなった忌まわしい存在ではなく、二つのものを結びつける、錆びるほど古くから今に繋がる絆——

「私も、その由来の方がいいです」

美久が言うと、真紘は微笑んだ。

「よかった、元気になったみたいだね」

「え？」

「昨日、塞ぎ込んで見えたから。きっと大切なことなんだろうと思ったんだ」

美久は目を丸くした。真紘にラスティネイルについて訊いた時、聖が悠貴を深く憎んでいると感じて悲しくなった。真紘は何も言わなかったが、美久の様子に気づいて、気に留めていてくれたのだ。

美久は嬉しくなり、感謝の代わりに満面の笑みで答えた。

「はい！　すごく元気が出ました！」

「うん、その調子」

真紘は微笑んで、洋酒のボトルを片付けに厨房へ戻っていった。

その背中を見送って、美久は深く息を吐いた。真紘に教えてもらったラスティネイルの物語を振り返る。そして、悠貴のことをラスティネイルと呼んだ聖のことを。

人は、複雑だ。

時間が解決してくれることもあれば、その時間でこじれたり、失われるものもある。それでも。繋ぎ止める気持ちがあれば、どんなに絡まった感情の糸もいずれ解けていくかもしれない。

——似てたんだよ、クソ生意気な昔の誰かさんにな。

聖の声が耳に蘇った。

あの時、悠貴のことかと尋ねようとすると、聖は最後まで言わせなかった。言わせなかったことで確信する。

悠貴と聖。二人の間に何があったのか美久は知らない。断片的に目にする二人の態度は険悪で、聖は悠貴のことを酷く憎んでいるようだった。断罪するように、きつい言葉でなじったのを見た。けれど。

感情を表す言葉はたくさんあるが、その心をぴたりと表せる言葉など存在しないのかもしれない。『好き』にいろんな形があるように、『嫌い』や『憎い』という言葉だけでは括《くく》り切れない、複雑な想いがあるのかもしれない。

その時、裏口が開いて悠貴が顔を覗かせた。

「何だ、ガラガラだな。この調子なら今日は二人でまわせるな」

混雑具合で厨房を手伝うか決めに来たようだ。悠貴は拍子抜けした様子で店内を眺め、厨房へ戻ろうとした。

「悠貴君は」

声をかけると、悠貴が立ち止まって美久を見た。

――悠貴君は、聖君のことどう思うの？

尋ねかけた言葉を音にすることはなかった。

きっと尋ねても形にできない。悠貴の中にあるたくさんの感情を言葉で括らせても違う形になってしまう。それなら一つずつ自分の目と心で探したい。

時間はかかっても、いつの日かそれが答えに変わる。

「ううん、何でもない」

ラスティネイル。その名に物語があるように、答えは一つではないのだ。

美久が微笑むと、悠貴はすっと目を細めた。

「お前、その質問を考えずに口を開く癖、何とかしろ。軽そうな頭がますます軽そうに見えるぞ」

「はいっ!?」

いきなりの暴言に美久が目を剝くと、悠貴は何か閃《ひらめ》いた様子になった。

「今年のハロウィンの内装はカボチャをくりぬいたやつ置くか」

「ちょ、ちょっとー⁉　今のどういうこと、どうして私の顔見て言うの⁉」

「訊かないとわからないのか？」

「悠貴君っ！」

当面、この生意気な高校生の本心を見つけるのは難しそうだが。

あとがき

大変お待たせしました、『オーダーは探偵に』第五弾をお届けします！

この巻から初めて読まれる方も楽しんでいただけるかと思いますが、シリーズ五作目ということで、緩く他の巻との繋がりが出てきました。

今回のお話は「謎解き満ちるティーパーティー」と同じ日から始まります。そして「グラスにたゆたう琥珀色の謎解き」がお好きな方にはもっと楽しんでいただけるのでは、と思います。

本作では再び花見堂聖が登場します。前回聖が登場した時から、おかざきおかさんにイラストを描いてもらうのをとても楽しみにしていました。今回もすてきな表紙にしてくださったので、ぜひじっくりとご覧になってくださいませ。


さて、本日はいくつかお知らせがあります。

まず今年一月にメディアワークス文庫で『雨ときどき、編集者』という新作を書き下ろしました。

出版業界のあれこれや小説の話を軸に、編集者、作家、翻訳者などの濃～いキャラクターたちが織りなすコメディタッチのお仕事小説です。テーマはずばり、小説好きの小説好きによる、小説好きのための物語です！

本が好きな方や出版に興味のある方はぜひお手にとってくださいませ。

そして、すてきなお知らせがもう一つ。

なんと『オーダーは探偵に』がコミカライズされました！

作画は三尾《みお》じゅん太《た》先生、昨年十二月より月刊シルフにて連載中です。おかさんのデザインした悠貴や美久たちが、三尾さんの作画で生き生きと描かれています。

三尾さんの描かれる絵の美しいこと！　どのキャラクターも表情豊かで、文字世界の小説にはない魅力でいっぱいです。しかもシルフの編集者さんも三尾さんも原作をとても大事に作品を作ってくださいます。

作画が美しくお仕事が丁寧で原作を大事にしてくださるなんて、どこの神様でしょう。担当の三木《みき》さんに何度驚きと感動を話したかわかりません。

そんなすてきな方です。三尾さんたちと顔合わせの日程が決まった時は本当に胸が高鳴りました。嬉しい半面、原作者としてなんとしても好印象を持っていただかなくては、と前日は不安と興奮でよく眠れませんでした。

そして迎えた顔合わせ当日。ときめく胸を押さえていると、

「いつも近江《おうみ》先生になじられています」

「あの人女王様です」

突然担当さんとおかさんが言いました。えっ、担当さん？　ていうか、おかさん!?

「違いますよっ、この人たちがMっ気が強いせいで相対的に私がSっぽく見えるだけなんです、本当ですってー！」

力強く三尾さんに訴えたのですが、なぜでしょう。一生懸命言うほど嘘臭く聞こえる不思議。なるほど、告白する前に振られるってこういう気分ですね！

私、そろそろ本当にSになってもいい気がするんですの。


そんなチームワーク抜群、第一印象最悪の原作サイドも全力サポートのコミカライズ版『オーダーは探偵に』をどうぞよろしくお願いいたします。

原作も負けないよう、今度はこんなに時間を空けずにお届けできるように頑張りますので、こちらもどうぞよろしくお願いいたします。

近江泉美《いずみ》

近江泉美

著作リスト

オーダーは探偵に　謎解き薫る喫茶店（メディアワークス文庫）
オーダーは探偵に　砂糖とミルクとスプーン一杯の謎解きを（同）
オーダーは探偵に　グラスにたゆたう琥珀色の謎解き（同）
オーダーは探偵に　謎解き満ちるティーパーティー（同）
オーダーは探偵に　季節限定、秘密ほのめくビターな謎解き（同）
雨ときどき、編集者（同）
小悪魔ちゃんとＭＰＯの少年（電撃文庫）

本書は書き下ろしです。

メディアワークス文庫

オーダーは探偵《たんてい》に

季節限定《きせつげんてい》、秘密《ひみつ》ほのめくビターな謎解《なぞと》き

近江《おうみ》泉美《いずみ》

発行　2015年3月25日　初版発行

発行者　塚田正晃
発行所　株式会社**KADOKAWA**
〒102 - 8177　東京都千代田区富士見2 - 13 - 3
プロデュース　**アスキー・メディアワークス**
〒102 - 8584　東京都千代田区富士見1 - 8 - 19
電話03 - 5216 - 8399（編集）
電話03 - 3238 - 1854（営業）
装丁者　渡辺宏一（有限会社ニイナナニイゴオ）
印刷　株式会社暁印刷
製本　株式会社ビルディング・ブックセンター

※落丁・乱丁本は、お取り替えいたします。購入された書店名を明記して、
アスキー・メディアワークス　お問い合わせ窓口あてにお送りください。
送料小社負担にて、お取り替えいたします。
但し、古書店で本書を購入されている場合は、お取り替えできません。
※定価はカバーに表示してあります。

Printed in Japan
ISBN978-4-04-865058-8 C0193

メディアワークス文庫　http://mwbunko.com/
株式会社KADOKAWA　http://www.kadokawa.co.jp/

本書に対するご意見、ご感想をお寄せください。

あて先

〒102-8584　東京都千代田区富士見1-8-19　アスキー・メディアワークス
メディアワークス文庫編集部
「近江泉美先生」係

博多豚骨ラーメンズ
木崎ちあき

人口の3%が殺し屋の街・博多で、市長お抱えの殺し屋、崖っぷち新人社員、博多を愛する私立探偵、天才ハッカーの情報屋、美しすぎる復讐屋、組織に囚われた殺し屋たちの物語が紡がれる時、『殺し屋殺し』は現れる――。

き-4-1
253

博多豚骨ラーメンズ2
木崎ちあき

人口の3%が殺し屋の街・博多。〝殺し屋殺し〟の噂を聞きつけ、新たな刺客が博多に参入。北九州の危険な男・猿渡、殺し屋コンサルタント・新田、生きる伝説G・G。〝殺し屋殺し〟を巡り、再び嵐が吹き荒れる！

き-4-2
300

博多豚骨ラーメンズ3
木崎ちあき

人口の3%が殺し屋の街・博多で、数々の思惑と因縁が絡む抗争が勃発。巻き込まれていく馬場、猿渡、榎田、そして起きた「林憲明連続殺人事件」。悲しい過去が甦る時、殺し屋たちの絆をかけた命懸けの対決が始まる！

き-4-3
341

ココロ・ドリップ
～自由が丘、カフェ六分儀で会いましょう～
中村 一

マスターこだわりの珈琲が美味しい『カフェ六分儀』。このお店の飾り棚には、見ず知らずの誰かから、あなたへの「贈り物」が届いています。人の手を渡りゆく「贈り物」が織りなす、優しいアロマ漂う物語。

な-6-1
275

ココロ・ドリップ2
～自由が丘、カフェ六分儀で会いましょう～
中村 一

東京・自由が丘、『カフェ六分儀』は、人と人とをつなぐ〝贈り物〟が行き交う喫茶店だ。今日もその扉を訳ありな人々がくぐる。香味豊かな珈琲のように、あなたに幸せなひとときをお届けする物語。

な-6-2
343